回り続ける独楽(こま)

―だから人生って面白い―

駒澤琛道(こまざわたんどう)

石文社

はじめに

この本は、私が写真家・僧侶として生きてきた、二十代以後の話が中心になっています（出家前）。

国内、海外での長い撮影生活の中で、多くの人と出会い、語らい、教えられ、学び、心に深く刻まれていることを記しました。

楽しい話、心打つ話、怖い（恐い）話もあります。

私は苦しい生活の中で、若くして「死」を考え、また、「家出」もしました。だが、そんな私を陰で支えて下さる方々がおられました。

「食」のために無茶な徹夜を続けて倒れ、「この若者よく生きている（医師）」。仕事に追われ、半年間一日も休まず、挙句に倒れ、「すでに土色になって、ぎりぎり生と死の境界線にいた（医師）」。そのような時代を過ごしてきました。

自然災害などで苦しまれている方々には、「盲導犬」「あしながおじさん」なども含め、国内、海外の方々に少しでもお役に立てられるならばと、出家した五十代から十六年間続けた托鉢の喜捨も含め、四十四年間、貧者の一灯の寄付を続けてきました（托鉢中に心臓発作が起こり、残念ながら今は中断しています）。

撮影、取材、写真集の出版、写真展など常に同行し、無器用な生き方しか出来ない私を支えてくれた妻がいました。それを言うと「同志だから」とニッコリします。ほんのほんの一部しか綴っていません。一読され、自慢話と受け取られ兼ねない文面もありますが、多くの方々にお読みいただければ幸いです。

※文中に出てくる方々に故人が多くおられます。心からご冥福をお祈りします。

駒澤琛道　九拝

回り続ける独楽（こま）―だから人生って面白い―　目次

はじめに

回り続ける独楽（こま）

―だから人生って面白い―

女先生＝冬休み返上で勉強

明日から待ちに待った冬休み。二学期最後になる教室の掃除。

「駒澤君、後で職員室に来なさい」と先生。

何の話があるのだろうと職員室に行くと、

「明日から十時に、お弁当を持って教室に来なさい。先生と二人で勉強です」

戸隠小学校の四年生では一番の成績だった私。十一月二十二日から長野市の後町小学校に転校した。勉強でも都会っ子には負けないと思っていたし、担任からは「君なら大丈夫」と言われていた。

ところが勉強の遅れはひどいものだった。特に算数。クラスの誰にもついていけない。国語だけはなんとかなった。情けなくて何度か戸隠に戻りたいとバス停に立った。

雪の多い冬だった。仲間は朝から遊んでいたが、私は一人教室に。教室はすでにストーブで暖められていた。先生と二人、ストーブの近くで勉強。弁当も達磨ストーブの上に載せて温め二人で食べた。大晦日と元旦だけの休み。先生も同じ。二週間で二日だけの休みだった。

後で判ったのだが、先生は三月、小諸の小学校に移られる。せめてそれまでに出来そこないの私を、一応皆に追いつくようにとの配慮だった。

先生の優しさに子供ながら涙が出た。

ありがとう、先生、先生！

男先生＝魂ゆさぶられた言葉

小学校五年生の春の遠足。ワイワイ騒ぎながらの楽しい遠足。

一里（約四キロ）ほど歩いたところで「皆集まれ！」と先生の声。

先生を囲むと、「学校からここまでに来る途中、どんな花が咲いていていたか。どんな鳥が鳴いていたか言ってみなさい」。皆シーンと静まり返った。

しばらく答えを待っていた先生の一言が、私には痛く、むしろ衝撃的でさえあった。

「今の君たちを『心ここにあらざれば、見えども見えず、聞けども聞こえず』と言う。自然の中にいて何を見ることも無く、何も聞くことも無く、感じることも無い。そのようなことでどうする。遠足は遊びではない」

この先生の一言があったその夕方。養母に日記帳を買ってもらい、その日から日記を書くようになり（日記には俳句や詩が加わるようになった）、中学三年生まで続いた。

このことが、後に私の大いなる支えとなり力になった。

私の授業料を払った若き記者たち＝朝日新聞長野支局

小学校四年の秋、長野市内の金持ちの家の養子になった私だった。だが三年目に人の好い養父母は、四軒の店の保証人になった。

ある日、その四軒が家族共々姿を消した。信じられぬ出来事だった。大変な金額の保証人倒れ。今では考えられぬ後始末。大きな家から六畳一間のアパートへ。

中学を卒業し、朝日新聞長野支局が給仕を募集していた。一人の採用に二十四人が受けた。二十三人が信州大学教育学部の学生。中学を出たばかりの私が一緒に試験を受ける場では無かった。帰ろうとすると、「せっかく来たんだから受けていけ」とドアを閉められた。何が何だか判らないまま時間が過ぎた。

最後に「我が家」という題で作文を三十分以内に書きなさい。私は少しホッとした。そして目前に置かれた『朝日新聞東京本社』と印刷された沢山の原稿用紙。４Ｂの鉛筆が十本。その鉛筆には金文字で『朝日新聞東京本社』と印刷されていた。

「この原稿用紙にこの鉛筆で文字が書ける」

私は気持ちが高ぶるのを覚えた。何と幸せな！

私が合格した。いや、支局長、記者たちが私に同情して拾い上げて下さったのだろう。ところが仕事内容は、とても中学を卒業したばかりの少年に出来るものではない。私には毎日が戦争だった。あの新聞づくりですよ、皆さん。皆さんには多分想像できない仕事内容だと思う。

三年目になった。支局員たちは月に一回、賭けトランプをしていた。僅かな金額で、勝った者はその金で自分が読みたい本を買う。最終的には支局の文庫に加える。実に綺麗な賭けだった。

ある日、「駒澤君も入れ」と声が掛かった。私は金が無い。

「いいから座れ」

トランプが配られた。そして私が勝った。初めてだったが「君は博才があるな」と言って支局員たちは私に支払う。何だか後ろめたい気持だった。

次も次も仲間に入れられた。そして私が勝った。私はその金で学費を払うことが出来た。

「そうだったのか…。私の学費のためだったのか…」

二十代の彼等は後に、
一人はテレビ朝日の社長に。

一人は（ワシントン支局長から）論説主幹に。

二人の先輩後輩は編集局長、常務取締役に。うち一人は後に名古屋朝日放送社長、会長に。

一人は北京総局長から論説副主幹に。

一人は読者応答室長に。

一人は編集局次長から関連企業の理事に。

一人は名古屋本社経済部部長になられ、いずれも朝日新聞社を支える柱となった。

支局長（松林冏氏）は、〝松林学校〟と言われるほど、多くの若き優秀な記者を育てた。朝日新聞社の歴史に名を残す人物である。

冬期、夜学からの帰り、支局に寄り少し仕事をすると、松林支局長が幾度か「ラーメンを食べなさい」（一杯＝四十円。カレーライス六十円）と言って、ポケットマネー百円を下さった。

そのお金も全て養母に渡した。

家出、そして死を選ぶ

定時制高校三年の初夏。生活苦に疲れた私は東京に家出。小説家になる夢もあった。ところが朝日新聞長野支局が全国手配をしたことにより、調布のバタヤ部落から戻ることになった。クズを拾い、橋の下にも寝た。

十五歳で長野支局に拾い上げていただき、その時から私を見放すこと無く、面倒を見て下さった富森叡児さん（赤穂浪士四十七士のうち、富森助右衛門の末裔）は、後に政治部長・編集局長・常務取締役になられた。私の恩人であり、心の師である。この方が東京本社に栄転され、心の柱を無くし、家の事情から生活苦に疲れ、どうにもならなくなった私は死を選んだ。

死ぬ前にそれでもと思い、プロテスタント教会に入った。聖書も讃美歌も知らない私に、隣の席に座った男性が親切に教えて下さった。

牧師の説教が終わり、前の方から何やら袋が回されている。それぞれがお金を入れている。私に袋が渡された。私は一円も持っていなく、さもお金を入れた振りをした。そんな自分の行動が情けなくなり、その場を飛び出した。

私は死ぬしかない。その前に親友の顔を見ておこうと会いに行った。そこで耳にした言葉は、「駒澤君、あの子は三ヵ月前に自殺したのよ。私が食事する時にいつも座るその真下で心臓を一突きでね」と母親が話してくれた。

報道関係に多くの知人がいて、どこにも彼の自殺は報道されなかった。その話を聴き、余りの衝撃にそれから三日間、私の記憶は閉ざされた。気がついた時、私は支局で朝の掃除をしていた。

この三日間のことを誰も何も語ってくれなかった。

養母の言葉

東京の出版社に就職が決まり、貧しい中での出発となった。

養母は、養父と結婚する前は、長野市中央郵便局に勤めていて、女性初の中央郵便局長になるだろうと噂されていた。駒澤家は長野市でも一番栄えていた写真館で助手も四人。軽井沢・野尻湖など四ヵ所に出張所を設けていた。

ところが保証人倒れで莫大な借金まで負うことに。生活は奈落の底になった。私の出発にも当座の生活費として一万円用意するのがやっとだった。

養母はその金を私に渡し、

「何も出来なくてごめんなさい。でも私はあなたをどこに出しても恥ずかしくない。それが嬉しい」と言って初めて私を抱きしめた。

その手の温もりを今も忘れない。

初めての九死に一生

上京の折に養母から渡された一万円と、私がひそかに貯めていた数千円で、水道橋に家賃三千円の三畳一間を借りた。手元には数千円が残り、一ヵ月食べなければならなかった。会社ではかなり忙しい仕事があり、徹夜をすると手当が五百円ついた。撮影・暗室作業と追われる。私は徹夜手当を頼り、一ヵ月十六日の徹夜。上京する前の朝日新聞長野支局では、ちょうど選挙年に当り多忙だった。

その疲れもあった。朝トイレで用を済ませた後、崩れるように倒れた。そのまま動くことも出来ず、三日間が過ぎた。三日も無断で休んでいる私を心配し、若い社員が車で下宿まで見に来てくれた。倒れている私を社の指定病院に運び込んだ。

診察したのが院長。熱が四〇度もあり、身体の衰弱もひどい。

「日本脳炎でもないし…」

これを若い社員が誤って聞いて「駒澤は日本脳炎らしい。復帰してもダメかも知れない」。

このことが社内に広がっていた。

翌日、若い優秀な医師が検診。「急性肝硬変」と決診。それも大変な重度で「これでよく生きていた。信じられぬほどだ」との声が聞こえた。結局一年の入院生活。退院近くなって院長が、

「この部屋を与えるから、入院しながら会社に通ったらいいよ。保険で一日三食、部屋代も含め百八十円で済むから」

確かに有難い話ではあった。一年で六万二千円ほどで生活出来る訳だから。しかし、それでは社会に対して申し訳ない、と考えて辞退した。甘えていたら貯金が出来たのに…。

日比谷公園で鳩を追う＝私の撮影の原点

東京・秋葉原にあった出版社に入社して間もなくのこと。

昼休みになると仲間達は近くの食堂で昼食を済ませ、喫茶店でコーヒーを飲んで楽しんでいる。私は食費に乏しくて、食事もせずに一人重い五〇〇ミリレンズ（通称バズーカ砲）を付けたカメラを持って日比谷公園まで走った（帰りは電車＝十円）。

そこで三十分ほど、ファインダー越しに飛び立つ鳩や舞う鳩たちを追って空シャッターを切っていた。そのことによって勘や瞬発力、加えて何よりも腕力が付いた。ゴルフ場では三脚を使わず、選手を追って自由に歩き回って撮影が出来た。


人物撮影の時、偶然に旅で出会った佛像の時なども自然光を充分に活かして撮影が出来た。それはスローシャッター（1／2秒）撮影で十枚撮影すれば九枚はブレない。三〇〇ミリ望遠レンズを使用し（1／15秒）まではブレない。これらはプロにも驚かれることだった。

後に撮影に入った市原悦子さんの舞台撮影でも大いに役立ち、私の撮影の原点ともいえるのである。

ゴルフ撮影のこと=ビッグ・スリーなどなど

十九歳からゴルフの撮影を始めた。その前の年に、国の代表で世界のトッププロ二人が組み競う、歴史あるゴルフの試合に〝カナダ・カップ〟があり、日本の中村寅吉・小野光一プロのペアが優勝した。この快挙にまずメディアが驚き、にわかにゴルフがクローズアップされた。映画館でも、映画の前にニュースで取り上げるほどだった。『アサヒゴルフ』という月刊誌（報知新聞の『ｇｏｌｆ』に次いで古い）が発行され、私は半年後に月刊誌のスタッフになった。本格的なゴルフ写真のパイオニアに近い存在だった。

その頃のゴルファーは紳士淑女が当たり前だった。プレーはゆったりと出来て、〝ファー〟などの声がコースに響くことは無い。バンカーに入れた球を出すのに何発打っても同伴者は無論、後続組から文句が出ることもなかった。

私の友人は一つのバンカーで二十三発打ってやっと出た。また、たとえコースに一万円落としても、必ずクラブハウスに届けられていた。それがゴルフ場の姿だった。

私は国内外のプロの多くを撮影した。宮本留吉・中村寅吉・林由郎・栗原甲子男さんなどなどが大活躍していた。青木功・安田春雄・杉本英世・樋口久子さんたちは、中学を卒業したばかりのアシスタントプロだった。その彼等の大活躍までも撮影した。

ジャック・ニクラスとの出会いは、彼が学生ながら全米オープンに優勝し、初来日で東京の小金井カントリー倶楽部のプレー披露の時だった。精悍な顔で、そのパワーは日本のプロからは想像も出来ないものだった。礼儀正しい好感のもてるプレーヤーだった。

当時、国内の試合で活躍していた小金井C・C所属の栗原甲子男プロが「このような海外のプロたちと勝負していかなければならない。日本のプロでは、とてもとても歯がたたないだろう…」と私の耳元でつぶやいた。

ビッグスリーといわれた偉大なプロ。アーノルド・パーマー、ゲーリー・プレーヤー、ジャック・ニクラス。この三人のプレーも沢山撮影。『ビッグスリー・ゴルフ』（ダイヤモンド社）という本になっている。このプロたちは、コースにいればプレー以外でも姿は絵になった。そして語る言葉も大人だった。パーマー氏は、ホテルの彼の宿泊室で取材もした。氏は食事やルームサービスの食べ物や飲み物にも細かく注文し、神経を使っていた。

ゴルフの神サマ〝サム・スニード、ジーン・サラゼン、リー・トレビノ、トム・ワトソン、ジョニー・ミラー、チチ・ロドリゲス…〟。

世界のトッププロたちを一カット一カットしっかりシャッターを切って撮影した。インパクトの瞬間などは、真剣勝負の気持ちでシャッターを切った。

モータードライブが進歩し、私はゴルフ撮影を引退した。スチール写真とは名ばかりで、ムービー同様の撮影は、すでにプロもアマチュアも無い時代に入っていた。

パンツを買って下さい

東銀座に事務所を設けていた。昼過ぎ、ノックして一人の男性が顔を出した。

「すみません。パンツを買って下さい」

数日後に沖縄に二週間の旅をすることになっていたので良いタイミングだった。十枚ほど買うことにした。

「十枚も買って下さるのですか。とても有り難いです」とその男は大喜び。

今どき、パンツを売り歩いているセールスマンがいるのかーと胸がしめつけられる思いだった。

半年ほどして彼はまた顔を出した。今度は新しい職に就いたという挨拶。度々顔を見せるようになり、何度か私の奢りで昼食を共にした。

彼はついには小企業の社長になった。私を〝駒チャン〟と呼ぶほどに親しくなり、その後は一度も私に支払わせずに、飲み食いは彼が支払ってくれた。

その彼がポツンと、

「あのパンツ十枚買って下さった。あれで私は昼食が出来ました。忘れませんよ…」

大企業の社長たちを撮影

二十歳の時、雑誌の連載で企業人の顔写真を撮影していた。若い時から年輩者の撮影が好きだった。

ある日、東急電鉄グループのトップ・五島昇社長撮影の時。私はいつものように〝自然光〟で撮影を続ける。すると、「君はフラッシュを使わないのかね」と社長が言われた。

「ハイ、自然光撮影が陰陽が柔らかく立体感も魅力ですから好んでいます」

「ウーンなるほど。白黒のトーンが美しいということかね」

撮影が終わると社長は電話を掛け始めた。

「君、若いが良いカメラマンが来た。君も撮ってもらえよ」

「東京電力の社長に電話をした。撮影してほしいと言っているよ。連載に役立つかな」

私は感謝して退席した。

大企業の社長へのアポは大変だっただけに有り難かった。電話をし撮影。日産自動車、日本生命、東京ガス…社長方を次々に撮影することが出来た喜び。その後、ゴルフ雑誌からの依頼で茅ヶ崎のゴルフ場へ。撮影が終わり、クラブハウスの食堂へ。そこには五島社長がニコニコして迎えて下さった。

「駒澤君、一緒に食事しないか」と声が掛かった。

またある日、日産自動車本社前でのこと。

「おぉ、駒チャン」と私に声を掛け呼び止めた。

若い私に対しての社長の声掛けに、秘書たちが驚きの顔をしている。

まだ二十そこそこの若僧を、気軽に相手して下さった良き思い出である。

五藤光学・五藤斎三氏＝美しい姿です

真夏のある日曜日。とにかく暑い東京だった。その頃、月刊雑誌に「芝生のある風景」というタイトルでA４サイズ、カラー見開き二ページで連載していた。

昼過ぎ、杉並区を歩いていた。すでに汗でシャツはびっしょり。芝生の美しい庭が目に入った。石灯籠などもあり、芝生には雑草が一本も無いのではないかと思うほど美しく手入れされている。思いきってブザーを押した。上品な老婦人が「何かご用ですか」と静かな口調。名刺を出し、雑誌のタイトルを伝え、撮影を申し入れた。

しばらくして「どうぞ結構です」。私は夢中で撮影した。老紳士が窓ガラス越しに見ていた。撮影が終わり、感謝の言葉を述べ帰ろうとした。

「部屋に入り冷たい茶でも飲みなさい」

私は余りにも汗まみれだったので「このような姿ですので失礼致します」。

すると「何を言いますか。美しい姿です。皆が日曜日で休んでいる時に、あなたは汗して働いている。素晴しいです。遠慮しないでどうぞ、どうぞ」。

応接室で冷たいジュースとケーキを出して下さった。

そして「ちょっと上に来て下さい」。そこは天文台になっていた。

この方こそ、レンズ等で有名な五藤光学社の社長・五藤斎三氏だった。しばらく説明を受けてから再び応接室に。氏は、アメリカの素晴しさを語り「是非アメリカを旅しなさい。世界を旅しなさい」と言って席を立ち、「ちょっと待ってて下さい」と奥の部屋へ。

大きなアルミケースを持ってこられた。開けるとカメラの名機〝ハッセルブラッド〟一式が入っている。金額にすると百万円以上もする。「これをあなたに差し上げます」と、とんでもないことをおっしゃる。

「いけません。私にはまだこのマミヤの6×6判カメラで充分です。とてもいただけません」と本気で申し上げた。

「そうですか。では私が預かっておきます。いつでも取りに来て下さい」

横で奥さまもニコニコしながら頷いていらした。

その日からの私は何故だろう、写真家であることに以前にも増して自信を持つようになった。数年後、私は妻とアメリカに。一年後に戻り、お訪ねしようと思ったのだが、五藤氏はすでに亡くなられていた。あのカメラはどうなったのだろう。未練かな。

殺せ＝ウッド・ストック

その年、ニューヨークは数十年振りの大雪だった。

ケネディ空港からウッド・ストックまでルート87を車で二時間半。夜十時。東京から浜松辺りまでの距離がなんとも心細く感じられた。どんどん雪が深くなる。

しばらく、妻のすぐ上の姉宅に居候させてもらうことになっていた。十二時頃に着いた。外は零下一〇度くらい。札幌に住むより寒いという。

ウッド・ストックは、かつて映画『ウッド・ストック』で知られ、ニューヨークっ子にとっては、東京で言う「軽井沢」のような場所である。緑美しく、街中を流れるミル川に沿って桜も咲き、紅葉がまぶしく、夏涼しい。多くのアーティストが住む所。山あり、川あり、交通信号は無い静かな小さな街である。大寒波でナイアガラの滝も凍り、大停電でマンハッタンでは略奪、強盗。大変な年だった。

少し落ち着き、時差ボケも無くなった三日目。昼ごろ妻の遠縁に当たるイタリア系アメリカ人が我々の顔を見に来た。二言、三言、挨拶が終わると、いきなり「アキラ、タイコ、ここに強盗が入ったらどうする」。

私が余りにも突然な質問に戸惑っていると「殺せ。必ず殺せ。そうしないと裁判で負けるぞ！」。

「これがこの国の現状だよ」

後日訪れたどの家にも銃があった。

殺される＝フロリダ

余りの寒さと、雪に閉ざされる毎日。一ヵ月ほど部屋に閉じ籠もり、持参の本ばかりを読んでいた。他にすることは、日本からの連絡物が届いていないか妻と七〇〇メートルほど離れたポスト・オフィスに行くくらい。

「こんなことではイカン。何とかせねば」と考えた末、常夏のフロリダに。妻の一番上の姉を頼ってクリアウォーター市に落ち着いた。

タンパ空港では厳しい検査に合う。望遠レンズの中、フジフィルムケースは一本一本開けられた。ところが何故かコダックフィルムの箱は開けない。警戒の意味が判らない。フロリダ半島の先には敵国キューバがあるための厳しい検査だった。

早速、妻の姪の運転で半島のドライブへ。オレンジ畑が広がっている。車を降りてオレンジの撮影。

畑に入ると、「早く出て！　殺される！」と悲鳴に近い声で姪が叫ぶ。

びっくりして畑から出ると、顔色を変えた姪が「この地は容赦なく銃で撃つ。特に白人以外の人に容赦ないの」。そういえば、この地にはＫＫＫ団というとんでもない集団があることを思い出した。この地では自然を写していれば安全。

フロリダは老人天国。街中をよろよろ走る乗用車。運転をしながら死んでいる老人。よくあることだと言う。これにも神経過敏に。過敏に。

飲酒運転＝フロリダ

フロリダに着いた翌朝。あれほど美しかった緑の芝生が一夜で茶色に。何と寒い朝。昼前から停電。交差点の信号も止まる。余りの寒波に各家庭やビルがフルに電気を使っているためだった。

電力会社も想定外の電力オーバーで供給が不足。海には死んだ魚が浮いている。オレンジはほぼ全滅。この状況を文藝春秋社に原稿として送る。月刊『文藝春秋』に掲載されたものを読まれた方もいることでしょう。

これでは風景写真もままならぬ。それではドライブを楽しもう。写真になる対象に出会えるかも知れない。広大な動物園。しばらく動物たちを撮影。

ディズニーワールドは通り過ぎ、アメリカが誇る（?·）ビールのバドワイザー工場に。入口から沢山の人々。中に入ると広いロビーで新鮮なビールを次々におかわりして飲む男女。大変な振舞い酒だ。皆さん陽気だ。私もいただく(妻と姪、義姉は飲まない)。中ジョッキで二杯飲んだ。

気分も良く帰路。ヤシの木の向こうに燃えるような夕焼け。夢中でシャッターを切る。

夕食をしながら今日の出来事をメモに。

その時「え！　ビールをふんだんに飲んでいた彼等は皆、車の運転をしていた。全員が飲酒運転だ！　事故を起こした者はいないのだろうか」。

フロリダではいつもコカ・コーラ

フロリダのレストラン、スタンドバーでのこと。私はコーヒーを注文するのだが、必ずコカ・コーラが出てくる。そしてウェイトレスはいつも黒人。私の発音が余程悪いのだろうか。

いや、待てよ。マンハッタンなどでは必ずコーヒーが出てくる。この違いは何故だ。余り書きたいことではないが、この地の郵便局などで事務をする黒人女性のなんとスローなことか。日本では十秒で済む仕事も数分待たされる。妻と「これでよく給料もらうネ」と話す（愚痴る）。注文もろくに聞かず、「コ…」だけでコカ・コーラになってしまうのだろう。

逆に陸上が優れているように、黒人は何かと素早過ぎるのか？「ああ…」。

小動物を埋める＝ウッド・ストック

ウッド・ストックでの生活が四ヵ月も経つと、少しは回りが見えてきた。プライベート・ロード（私有地）を出ると大通りに出る。この地は緑豊かな静かな街。この大通りを私と妻はいつもカメラを持って歩く。他に歩く者の姿は無い。そのような訳で我々を車から見て、街の人たちの誰もが知っていたようだ。

この辺りは鹿、リス、ウサギ、タヌキなど小動物が多く、車にはねられた死体がころがっている。動物を見ても九〇、一〇〇マイルのスピードをゆるめない。後続の車にも危険なこともあり、あくまでもスピードを出したまま走り去る。

ある時から私たちは死んでいる小動物を、道路脇に広がるトウモロコシ畑の隅に埋めるようになった。五月も半ばになると、そこにタンポポなどの花が不思議に思えるほど咲いている。それは私たちの喜びだった。

ウッド（ウッド・ストック）には写真対象に面白い家が多くある。家に近づいて撮影する。本来、銃を向けられても仕方のない土地（アメリカ全土）。

ところがいずれの家でも「やあよく来たね。中に入ってコーヒーでも飲みなよ」「君たちを知っているよ。死んだ動物を埋めてくれていたね」「今、グライダーをつくっているから見てよ」など、先々で歓待された。

ある時などウッドから一〇〇キロも離れた場所で撮影していたら、見知らぬ男性から「バスかい、車かい。バスで来たのならウッドまで送るよ」と声を掛けられた。小動物を埋めるという小さな行為が、ウッドでも、それ以外でも撮影や生活をし易くしてくれた。

後に帰国して水子地蔵の撮影以後、佛像撮影をライフワークにしたことも、ウッドでのささやかな行為によって、私に目覚めた〝佛心〟だったのかも知れない。

小さな三角教会で語る＝ウッド・ストック

ウッドで四ヵ月ほど過ごした頃。街中にある小さな三角教会を人々は「トライアングルチャーチ」と呼んでいた。

ある日、そこの牧師から「チャーチの七年目になる五月。記念のイベントを行なうが、その時に日本語で聖書を読んでほしい」と依頼があった。ウッドでは、私と妻はすでにかなり知られた日本人だった。

依頼を受けたのは良いが、日本語の聖書が無い。多くの伝（つて）を頼り、半月ほどでなんとか手に入れた。

その日、山桜が美しく咲いていた。澄んだ青空。気分良く教会へ。聖書の中、二ページほどを、日本語、ドイツ語、イタリア語、フランス語など七ヵ国語で読み比べるイベントだった。心配そうな妻。私は壇上で、二百人ほどの来場者を前に顔を見渡しながら読み終えた。大きな拍手。

余裕の私に妻は「ハラハラしたけど、すごい度胸ですネ」
「うん、たとえ間違えても誰も日本語を知らないから」と私。
後に知ったのだが、聖者が七ヵ国語で説法されたという。その祭典だった。

ドクターメッシーナ＝君はマジシャンか

夏の昼下がり、一人の中年男性が訪ねて来た。妻の姉がスタンウェイのピアノでほんの初歩的な練習をしていた。時々調律を頼んでいた調律師の紹介で来たと言う。

「州知事選が半年後に行なわれるが、その一人の弁護士のリッケンベッカー候補を応援している。その候補の撮影をしてほしい。明後日、隣町のソーガティで夜六時からフェスティバルがあり、そこで彼が人々と語り合う姿を少しでも多く撮影してほしい。私はプアーマンだから撮影料は支払えない。如何だろうか」と熱心に語る。

私はプロフェッショナルである。夜遅く、しかも電灯もない道路を片道一時間。その上に撮影料無し。しかし、「面白いではないか、アメリカの地方選も」と考え、私は本来の気楽さ、そして報道精神からすぐにＯＫの返事をした。

妻の運転で会場着。若くハンサムな青年弁護士に美人の奥さんとベビー。彼の動きに合わせて撮影。その時「彼には日本の報道も注目して取材に来ている」という声が聞こえた。

「ウーン、そういうことだったか。うまく利用されたな」と苦笑い。

翌朝、フィルム現像が出来たと電話をした。一時間後に受け取りに来た。そして「頼みがある。ダーク・ルームを見せてほしい」と言う。

さて、困ったな。暗室など無い。地下の六畳ほどの部屋は真暗で小さな現像用のブルー電球が一つ。フィルム現像用の現像液、停止液、定着液のバケツが三つ床にあるだけ。少し戸惑ったが意を決して案内した。

「ここがダーク・ルーム？　ここでこんな素晴らしい現像が出来たのか…」

しばし彼は茫然としていた。そして何も言わずに帰ってしまった。


一週間後、彼から「奥さんとランチに来てほしい」と電話があった。だいたいの場所を聞いて訪ねた。大きな家が点々と建っている。

「彼は貧しいと言っていたネ」

ところが訪ね当てた家はひときわ大きな家。ブザーを押す。気品ある奥さんが両手を広げ歓迎。庭にはプールがあり広い。「何がプアーマンだ」と内心思いながら庭を歩く。

「さあ、アキラ、タイコのためにドイツから取り寄せた最高のワインだ。カンパイしよう」

奥さんの心尽くしの料理もテーブルにいっぱいだった。

しばらくして「地下室を案内しよう」。五十坪ほどの地下室には大変な量の無線機。本格的な無線技師かと思ったが、後で彼の本職は歯科医だったと知った。

「一番奥に行こう」。そこには真新しい建物。入口の上に『ダーク・ルーム』と書かれていた。扉を開けて中に入る。新品で、しかも最高級の伸し機。新しい二号・三号・四号の印画紙が積まれている。現像用タンク、プリント用のボールが三つ並んでいる。全てが新品。

「さあ、アキラ。今からここが君の専用のダーク・ルーム。自由に使ってほしい」

私は言葉も出ない。妻としばし顔を見合わせるだけ。あの撮影に対してこの心遣い。私のために一週間で暗室をつくり、新品の機材を用意。私への撮影料は大変な金額だった。

「アキラ、プリントしてみせてくれ」

私はプリントするのになるべく難しいネガを選んだ。そして両手による覆い焼きをした。

「アキラ、君はマジシャンか！」

そしてまた「アキラ、今週の土曜日にカメラを持ってディナーに来て」と連絡があった。妻と共に出向くと、すでに四十人ほどの人が集まっていた。テーブルにはワインやビールに豪華な料理が並んでいた。集まっている人たちは、女優、男優、弁護士、教授、ピアノ調律師、企業の社長など。いずれも被写体として不足のない存在感のある面々だった。

「さあ、この人たちを自由に撮影して。アキラのために集まってくれている」

何というすごいことか。以前、ドクターに人物撮影が好きなことを話した。そのことへの心遣い。その行動力にただただ頭の下がる思いだった。ワインも飲まず、料理も口にすることなく無遠慮なほど夢中になって撮影させていただいた。

後に判るのだが、彼は広い敷地に、ボストンフィルのピアニストとヴァイオリニストを別々の家に住まわせている。完全なアメリカ版パトロンの姿であった。

私は三人目になったのかな…。

後日のこと。奥さんのメアリーさんから「フルネームで書いてほしい」と言われ、綴り英文字でさらさら書くと「見事な文字ネ。私は日本語をこのように書けない」と驚いていた。

〝エレベーター、アイスクリーム、ヘリコプター〟など、共通して発する言葉に、陽気なメアリーは大喜び。親近感が深まった時である。

ゴボウとワラビ＝儲け損なった話

ウッドの家の庭は一万五千坪ほど。先住者は画家だったこともあり、庭には五十坪ほどのスタジオがあって、三十坪ほどの駐車場。大きな二本のリンゴの木。そして数本の松や楡の大木などがあり、リスやチップモンク（シマリス）の遊び場でもある。鹿も訪れる。リンゴはニューヨークのシンボルマーク。広い庭を持つ家には必ずといってよいほどリンゴの木が植えられている。家族が食べるというより、訪れる鹿など動物たちのためと言える。

五月の終わり頃、庭には沢山のワラビが芽を出す。これを食べないという手は無い。マントルピースの灰を使って灰汁（あく）抜き。翌日ランチに招いた知人たちに出すと「このアスパラに似た食物は何だ。美味だね」。

私はワラビを指差し、「あれですよ」。

彼等はワラビが自然食品と知って驚く。

ある日、マンハッタンのホテルで働く甥が遊びに来た。その彼が少し興奮気味で、

「オジキ、途中にも沢山あったが、庭にあるのは全部ゴボウでしょう。マンハッタンにある日本料理店に卸したら大儲け出来る。商売しようよ」

日本食が注目され始めていた。私も気持ちが少々高揚し、早速一本抜いてみる。ところが葉は見事に大きいのだが、肝心な茎（根）がまるで小さい。次々に抜いてみるがどれも同じ。岩盤のこの地では根の伸びる食物はダメ。大根、人参等も同じだった。

「ああ、儲け損なったなぁ」と二人でガッカリ。

女性二人で二階建づくり＝ウッド・ストック

ウッドの街から車で二十分ほどの丘状の場所にコミューンがある。そこの住民のほとんどがエリート（キャリア）たち。快く迎え入れてくれた。

「どう、この家。私と彼女と二人でつくった二階建よ」

二人共教師だという。ダイニングとスリーベッドルーム。二人の能力、技術に加え努力に脱帽する。

「でもバスルームが無いの」。「では毎日のシャワーは無し？」

彼女らは笑って指差す。その先には釣りに絶好な川がある。「川があるから大丈夫」。私は「冬はどうするの」と聞きたかったが、止めた。せめてもの武士の情…。

一人の男が手招く。真鍮でバスタブをつくっている。自慢の作品だというバスタブは、ほぼ完成に近い。「水道は無いが、なんとかなるさ」と笑う。明るい彼等に心から脱帽。

彼等に開拓者の精神を見た。

日本の若い女性へ参考に

ウッド・ストックの隣町。ソーガティの小学校から「日本の話」を一時間してほしいと依頼があった。決められた日時に、妻と訪れた。小学校四年生のクラス。子供たちは前もって日本の書物を学校の図書室や、それぞれに借りて持参していた。

その本を見た私たちはただびっくり。一時代前の本ばかり。籠に乗った武士。街の光景は江戸時代。少し進んで明治。一冊も現代の本が無い。

黒板に日本の文字を書いた。小学校で学ぶカナ、ひらがな、漢字。例えば、「今日は良い天気」。「ヨイ・よい・良」など。数字は「1・一・壱」。カタカナもひらがなも五十音がある。ABC…アルファベット二十六文字の英語とはまるで違うことを話す。

生徒たちはびっくり顔で言葉も出ない。

また、「雨・アメ・あめ。アクセントの違いだけで食べる飴になる」などなど。子供たちはどこまで理解出来たのだろう。話す私もくたびれた。

後日、私はかつての助手に手紙を書いて、日本の現代の姿が写っている絵ハガキを沢山送ってもらい学校に届けた。

しばらくして担当の先生をランチに招いた。若く美しく可愛い先生。日本でなら即タレントデビュー出来るほど。その彼女が、

「聞きたいことがある。日本の若い女性は美しい肌を持ちながらどうして厚い化粧をするのかしら。私たちの多くは、化粧をしない日を一日も長く持ちたいと思うのよ」

妻は二十九歳で、ほとんど化粧をしない人。私は返事に困ってしまった。確かに彼女の言う通り。かつて私は若いモデルの多くを撮影した折、仕事以外でも厚化粧している子に「美しい顔をしているのに厚化粧しない方が魅力的だよ」と言ってきた。

それから数年後、映画『００７』でショーン・コネリーが十年振りにカムバックした。その映画の宣伝写真撮影を頼まれ渡英。この日はロンドン郊外にある小さな城での撮影。撮影の区切りで三十分ほど休憩。芝生の庭に小さな池があり、その傍らで一人休んでいた。するど横に記録係の若い女性が座った。

「ちょっと話していい？　ネエ、日本の若い女性たちは何故あんなに厚い化粧をするの」

この時、数年前にニューヨークで同じ質問を受けた日のことを思い出した。この時も返

事に困った。そういえば、ボンドガールになった女優の浜美枝さんがショーン・コネリーに「君は美しいから、普段はそんなに化粧をしない方が良い」と言われたとのこと。

日本の若き美しい乙女たちよ、この言葉を如何に聞く。

アメリカで一番古いホテル

ウッド・ストックから西に車を進めると、ハドソン川には沢山のヨット、モーターボートを浮かべている。川を越えると東部の古い街、ラインベック。新天地を求めて来た人たちがつくった街。往時を偲ばせる街並みがある。

その中に一七七〇年創業のアメリカで一番古いホテル「ビッグマン・アームズ」が、小さいながら威厳ある姿で建っている。フロントには気の良さそうな支配人。フロントのすぐ後ろにはスタンドバーがあり、昼間から赤ら顔した、いかにもヤンキー風の男三人がビールを飲んでいる。

支配人に日本の特派員だと話すと撮影が許され、初めての取材だと言って、とても嬉しそうだった。スタンドバーの客も愛想良く歓迎してくれた。一つ一つの部屋は狭いが古風で一度泊まってみたくなった。

撮影し、『週刊文春』編集部に送る。十日ほどして掲載された週刊誌が手元に届いた。

早速ホテルに持参。本を手にした支配人は大喜びで、ここでも「こんなにも早く本が出来て、あなたはマジシャンか」と強く握手。

部数を聞かれて〝七十万部〟と答えると「ノー、七万部だろう」と言う。「いや七十万部。日本では一番部数の多い週刊誌で、次は六十万部。次は四十万部の週刊誌が六冊ある」と話すと両手を広げ、「本当か。驚いたね」。「この本は大切だから特別扱い。このケースに入れて飾るよ。日本から客が来ると嬉しい」とまた握手。

来客が目にするケースには、ホテルの歴史などが書かれた宝物が入れられ、『週刊文春』も仲間になった。

トラボルタ＝米国俳優

映画『ハリケーン』の宣伝用スチール撮影で南半球に浮かぶボラボラ島にいた。昼間の撮影が終わり、ホテルの余り明るくない（自家発電）レストランでディナーを済ませる。全員が食べ終わると、テーブルや椅子が片づけられ広いホールになる。音楽が流れ、客は踊り出す。私は余り興味が無いのでボンヤリと眺めていた。

その中に一人、一際目立つ男性がいた。踊っていた客たちも、彼に見惚れ、踊る姿に拍手喝采する。やがて踊りが終わって彼はバンガローに。

映画のスタッフが「彼を撮影したか。トラボルタが踊っている。すごいニュースだぜ」と言う。

「いや、撮影しなかった」

「何、撮影しない。もったいない…」

そう言われた私は、彼を撮影しなかったのが何故もったいないのか、残念なのか判らなかった。

　帰宅して妻にそのことを話すと「なんで、なんで撮影しなかったの。あの今、映画『サタデー・ナイト・フィーバー』などで一躍大人気のスターよ。信じられない。『週刊文春』は大喜びするのに…」と呆れ顔。

　撮影撮影で追われる毎日。のんびり映画を観ている時間など無かったし、テレビを見た記憶すら無い。映画『サタデー・ナイト・フィーバー』が大評判で、その主役が世の女性たちの憧れの的など知る由も無い私。

『週刊文春』のデスクが「なんてもったいない…」と言ったが、知らないのだから仕方ないよね。

金がほしいのではない＝タヒチの老人

映画『ハリケーン』の宣伝用スチール撮影でボラボラ島。テレビも電気（自家発電）も新聞も無い。強烈な太陽とヤシ林にヤシガニ。そして野生の鶏。加えてきれいな海。この長閑な地で、たまにニュースになるのは「ヤシが頭に落ちて死んだ」ということぐらいである。

ボラボラで撮影が終わり、日本から映画の取材に来ていたテレビ等メディアの記者たちとプロデューサーが招待してくれたタヒチ市内のレストランへ。カナダからこの日の朝に直接運ばれた、サーモンや生牡蠣など贅沢三昧のディナー。

しばらくして「アッ！」と悲愴な声を出した男性。テレビ局のアシスタントだった。二台のカメラで街中を撮影。その一台と備品の入ったバッグを街のどこかに置き忘れた。金額にすれば大変な額で、スタッフ一同大慌てで店を飛び出した。

私たちはタクシーで二〇キロ離れたホテルへ。その後一時間ほどして彼等もホテルに。

元気が無く、最悪の結果だという。警察に届けたら「この島では物が無くなることはほとんどないが、すでに三時間も経って届出がないからダメかも知れない」と言われたと、気の毒なほど落胆していた。

翌早朝、フロントから私の部屋に電話があった。「カメラマンに男が会いに来ている」との知らせ。スタッフは眠れぬまま一室に集まっていた。皆でフロントに行くと痩せた初老の男が大きな荷物を大切そうに持っていた。

「これはお前たちのものか。昨日道で拾った。日本人の物だろうと仲間と話し、レストランに行くと、お前の来る所じゃないとボーイに追われた。日本人が泊まるホテルはここだろうと思って一晩中歩いて届けに来た」

彼にはホテルに電話をかける金も、バス賃も無い。外灯も無い道路を二〇キロ、月明かりを頼りに歩いて来たのだ。重かったであろう。一目瞭然、その姿から察知したスタッフの一人が、お礼にとサイフに入っている全額を渡そうとした。

ところが、「そんなものがほしくて届けたんじゃない。ただ、お前たちが困っていると思ったから、少しでも早く届けたくて歩いて来たのだ」と本気で怒りだした。

それでも何かの形で感謝を示したい。アシスタントが百五十円のボールペンを首から下げていた。すると彼は「そのボールペンをくれ」と言って、嬉しそうに、そして大事そう

に受け取って、

「これを受け取るのはほしいからではない。きっとこのペンを持っていれば、いつかまたどこかでお前たちに会うことが出来るかも知れない。その時のために預かっておくのだ」

と言うと、くるりと背中を向けた。

二〇キロの道をまた歩いて帰る老人の姿を見送るスタッフは全員が感謝して涙を流した。

この南の島で会った真実の人。心に深く刻み込まれた「一佛一会」だった。

金沢で九死に一生

日本電信電話公社（現ＮＴＴ）の社内報は、毎月三十万部印刷され、社員一人ひとりに渡っていた。マンネリ化した社内報を、格式ある本に改めたいとの話から、公社上層部に朝日新聞社の某部長が私を推薦したという。表紙とグラビア四頁の仕事。たまに講演も。

この日、金沢支社の撮影の後、全国の支社から幹部二百人ほどが集まり、私は一時間ほど講演をした。実は出張前日、主治医から〝ドクターストップ〟があった。それほどに私の身体は疲れていた。事情をお話したら、主治医は呆れた顔をされた。

講演の後、宴会が用意されていた。私は体調を話し辞退を申し入れたが、

「全国二百人ほどの次長クラスが宴が開かれるのを待っている。先生が顔を出して下さらないと始まりません」

無理矢理ひっぱり出された。目前には新鮮な魚介類。卑しい私は赤貝を一つだけつまんで席をはずした。

ホテルで休んでいたが、ものすごい腹痛が始まった。一時間、三十分、十分、五分とだんだん短い間隔で激痛。夜中にフロントへ救急車を頼んだ。同行の三人の公社社員は、明朝九時に逓信病院が開くまで…と説得するが、吐く、下痢の繰り返し。

余りの激痛に夜中の二時に妻に電話し「助けてくれ」。事情を聞いて妻はびっくりし、横須賀からフロント係を怒鳴りつけたという。

早朝、公社社員三人と病院に。横須賀から急いだ妻は「飛行機の中を走っていた」とその心配ぶりを話す。その妻にナースが最初に、

「ご主人は土色になっていました。ギリギリでした」

ナースセンターの横にある特別室に入れられた。二日目、少し落ちついたので妻に予定帳を開けてもらう。自分でも驚いたのは、半年間で一日も休んでいない。その間にアメリカに出張。帰りの機内で講演の原稿書き。これではドクターストップがあり、赤子でも負けないだろうという赤貝の菌に負けた。

私を病院に運んだ公社社員三人は、妻に「すぐに退院出来る」と電話をし、のんびり和倉温泉に一泊。妻はその言葉に納得せず、翌朝一番のフライトで小松空港に。三人は翌日病院に顔を出し、一緒に帰れると思っていた。ところが病状を聞き、二週間は最低入院という診断に驚き、上司に連絡。上司はすでに、妻の母からの連絡で私を心配していた。

死と紙一重だった者を放り出し、のんびりと温泉を楽しんだ彼等の愚かな行動は、上司の大変な怒りに触れた。一人は部署替え、一人は異動になった。

入院したその日から、ナースセンターには文藝春秋、朝日新聞、ＴＢＳなどから次々に電話が入り、病院側は「いったいこの男は何者…」。

翌日もその翌日も電話が鳴る。忙しいナースたちに申し訳なく、病院にこれ以上迷惑をかけるのは忍びないと一週間目に退院を申し出た。院長はしぶしぶだったが「病院に責任無し」という条件で了解して下さった。一週間、病室から兼六園まで足馴らしをして退院した。

しかし退院後も、結局一週間は家で床に就いた。知人にこの話をしたら「ちょうど厄年ですね」。

私は一切〝厄〟など考えたことも無いが、これ以後、時々厄という言葉を耳にするようになった。何かにつけて（病も）私は晩生型なのである。

摂氏五〇度＝カリフォルニア・キャンプロバーツ

滋賀県長浜駅からタクシーに乗車。運転手さんが「いつまでも暑いですネ」。

私は「そうですね。暑いついでに、もっと暑い話をしましょうか」。

映画『野性の証明』メディア用の宣伝撮影で、カリフォルニアにある米軍基地〝キャンプロバーツ〟でのこと。高倉健さん、薬師丸ひろ子さん演じる主人公が、十台ほどの戦車に追われ、五〇度以上もある熱い砂漠を逃げるシーンの撮影。ものすごい熱さ。撮影前は木陰にいて、撮影に入る直前にコカ・コーラを一本ガブ飲みする。撮影の度に繰り返す。

スタートの合図と共に飛び出し、軍から五分間の撮影許可。それ以上は危険だから。五分撮影。すぐに木陰に。その五分間でコーラ一本分が汗で出てしまう。

それを二回くり返す。演じる役者さんも大変だが、出演協力の米軍兵は鉄カブトに制服。さぞ過酷なことだろう。彼等の体力に完敗。だって温度は摂氏五〇度以上ですよ！　砂丘は。

「すごい話ですネ」と運転手さん。

そうこうしている間に目的地に。

「もう少し面白い話を聞きたかった」

彼にはかなり刺激がある話だった様子。

ハリウッドの大スター＝オリビア・ハッセー、ヘンリー・フォンダ

日本ヘラルド映画からの撮影依頼で渡米した。ロサンゼルスから少し離れたリゾート地の高級ホテルで、ディナーパーティーが開かれた。

パーティーが始まって間もなくして姿を見せたのは、オリビア・ハッセーさん。会場は一瞬にして華やいだ空気に包まれた。かつて観た映画『ロミオとジュリエット』。そのスクリーンで美しく輝いていたオリビアが強く印象に残っていた。

今、目の当たりにしたオリビアは格別に眩しく、その雰囲気は〝生〟でしか感じることが出来ない。しばし見とれていて、私としては珍しくシャッターを押すまでに少々間があった。

その後、少し遅れて登場したのは、なんと大スターのヘンリー・フォンダさん。背が高く、ゆったりと歩きテーブルの脇に立った。映画『ミスタア・ロバーツ』『十二人の怒れる男』

など多くの映画に出演し、厚いファン層を持っている。史上最高齢でアカデミー賞の主演男優賞に輝いた役者だ。

映画のスクリーンでも充分に感じられた、あの温かく深い眼差しは変わらなかった。知的な風貌、大きな人間性を感じた。なんという存在感。どのアングルから撮影しても〝絵〟になる役者だったこともあり、撮影は数カットに抑えた。

立食パーティーだったが、オリビアさんとフォンダさんと同じテーブルを囲んでの想い出深い時間だった。

翌日はサンフランシスコのホテルで、映画『地獄の黙示録』の撮影を撮り終えた、フランシス・フォード・コッポラ監督のメディアによるインタビューが行なわれた。日本からの多くのメディアへの配慮もあってか、黒澤明監督に強い影響を受けた話から始まった。

役者も監督も、格別に大きな姿を見た二日間だった。

独占グラビアに成功＝泉重千代翁

鹿児島県徳之島に、世界一長寿の男性が誕生。町は大騒ぎ。メディアも同様。町は誕生祝賀パーティーをするというので、報道陣の多くが徳之島をめざした。私もその一人だった。

徳之島にはタクシーが数台しか無いと事前に調べておいた。そのタクシーは多くのメディアで奪い合いになるだろう。そのことを読んで徳之島空港に着陸したと同時に、一番前の出入口ドア近くに進んだ。一番に出てタクシー乗り場へ。

運良く一台空車があった。三日間貸し切り契約。泉重千代宅に急いだ。家はすでに大騒ぎ。メディアも数十人集まり取材合戦。夕方全てのメディアが宿へ。私は一人残り、疲れてぐったり横になった重千代さんを障子の隙間からそっと撮影。〝この一枚で見開きにいける。このカットを含めて六ページ分は出来た〟。

台風が鹿児島方面に向かっていた。ますます雨風が強くなり、明日のフライトが中止になるかも知れないと思った私は、夜、宿からグラビアデスクに電話。明日の祝賀式は撮影せずに帰社する旨の了解を得た。「賢明な判断です」とデスク。

翌朝、空港で一番のフライトを予約。だが、飛ぶかどうか検討中とのこと。無事フライトが決定。鹿児島空港で乗り継ぎ、夜の十二時近くに羽田からタクシーで紀尾井町の文春へ。暗室で現像、プリントをしていると、

「駒澤さん、二番フライトから中止。他のメディアは一人も帰ることが出来ない様子です」とデスク。

印刷媒体で『週刊文春』の独占グラビアになった。

メデタシ・メデタシ。

ショーン・コネリーを撮影＝映画『007』

十二月のロンドン市の朝は連日霧。「ああ、これが有名な〝霧のロンドン〟か」と窓を開ける。

八時だというのにまだ薄暗い。目前には、イングリッド・バーグマンが出演し、アカデミー賞受賞作の映画『ガス燈』でかつて見た外灯があった。

この日の撮影は雨降りのため室内のシーンだけ。大掛かりなセットの中でコネリーと新人女優のキム・ベイシンガーが敵から逃れるシーン。

無事に終わり、昼食になった。スタジオ内にあるレストラン。コネリーは一人皆から離れたところで食していた。そして、そこに見たコネリー。彼の頭が…。

私は思わず望遠レンズ付きのカメラを手にし、向けた。それを見たスタッフが「ノー、ノー！　絶対に撮影してはダメ」と声を殺して制止。その時、その場の空気が変わったのを感じた。どうやら写していたら大変なことになっていたようだ。

もしも撮影していたらフィルムを取り上げられ、即、帰国させられていたかも知れない。
いずれにせよ、あの颯爽としたかっこいいジェームズ・ボンドの鬘（かつら）を外した姿を見た
私が最初の日本人？

韓国の菩薩さま

その年、韓国ソウル市の桜は八分咲きで、日本と韓国で桜花の季節を二度も堪能することが出来た。まだ出家する前の話だが、目的は寺院訪問の旅で、金浦空港には尼僧さんが出迎えて下さり、まず、尼僧さんの寺院に案内された。

山門で「オモニー（お母さん）」と言いながら駆け寄ってきた二歳から七歳くらいの子供たち。それに応えるように両手をいっぱいに広げ、満面の笑みで全員を抱え込む尼僧。その姿は大きな翼の中に大切な雛鳥を抱く母鳥の姿を思わせた。

その時は、まだ尼僧と子供たちの関係を私は知る由もなかった。韓国の尼寺で初めて出会った、ほのぼのとした光景。

一列に並んだ子供たちは、「こんにちは」と日本語で、それから「ようこそいらっしゃいました」とハングル語で挨拶してくれた。若い尼僧さん四人に、手伝いの婦人が加わって用意してくれた精進料理は十二品。中でも、「日本人が喜ぶであろう」と出された松茸は山盛で、特に量が多かった。昨年秋から大切に保存していた松茸だった（韓国の僧侶は常に精進料理）。

案内された本堂に祀られたご本尊の釈迦如来坐像は日本風のお顔だ。四月八日の花祭りには蓮灯と呼ばれる桃色の提灯が本堂いっぱいに飾られる。

「華やかで美しい」と話す尼僧の顔は、その蓮灯の光で輝いているように清らかに見えた。小さいが立派な本堂だった。

私の心を捕えたのは、尼僧さんの優しい笑顔と手伝いの女性の接客の姿だ。寺の手伝いをされる方々を、僧侶方は敬意をこめて〝菩薩さま〟と呼ぶが、まさに感謝を込めた呼び名である。善行を積む日々の姿そのものが菩薩行。信仰の中に生きる相互の姿を教えられた思いがした。

ソウル、慶州などの寺院の本堂には、早朝から多くの信者が五体投地礼拝する老若男女の姿や、その信者たちに笑顔で優しく接している年輩者がいる。家庭での仕事や子育てを一応終えた人たちが奉仕をしているのだという。

韓国の多くの尼寺では、身寄りのない子供たちを受け入れ、生活を守っている。子供たちの希望で大学に進学すれば、卒業まで世話をする。それぞれが羽ばたき、独立して行くまでを〝母親〟として接する。また、子供の意志で他の宗教に進んでも構わない。押しつけの宗教教育はしない。

「この国では、幼稚園や小学校の授業で、寺院や教会を数回訪れます。そこで出会った尼僧やシスターに、女の子の多くは憧れを持ち、そのどちらかになるために、一生懸命努力します。私もその一人でした」と語ってくれた尼僧。

夕焼けの中で見た〝母子〟の光景が忘れられない。

印度旅行の日記から

一九八九年二月十九日の日記から。

「マザーテレサホーム」
小さい小さい、未発達、食材不足から成長しきれない子供たち。
手足が複雑に曲がったままの子供。
じっと宙を見つめたままの子供。
声を出せない子供。
無表情の子供…黒々とした大きな瞳。
薄暗い部屋。
窓から差し込む僅かな光がその瞳をより一層美しく輝かせているのかも知れない。
宙を見ているその瞳は何を見ているのか。見ようとしているのか。

そして何を私に語ろうとしているのか…。

あるいは私の立ち入ることの出来ないところで、何か崇高な語りかけが子供たちにのみ判るのか…。湧き起こる慟哭にも似た感情を抑えていた。

アメリカから来たというボランティアの青年。痩せ衰えた子供を抱き、優しく手足をさする。痛いのであろう、子供は時々声をあげるが、その小さな心と体は自分のためにやっていることを理解しているようだ。

黙々と続ける青年。その姿を見て私はついに自分の感情を抑えきれずに涙が溢れてしまった。そんな私を見て青年は、その子供をそっと私の腕の中へ…。軽い。余りにも軽くて、今にも崩れてしまいそうだ。子供の脚や腕に私の涙が落ちる。

青年は私の肩にそっと手を当てて微笑んだ。

その手の温もりが全てを語ってくれた。

マムシとキスする朋琳大佛師

「木の中に佛さんがおられますんや。その佛さんを私の手でお出ましいただく」

昭和の大佛師・松久朋琳師。この言葉に魅かれて二年半、妻と共に師の彫られた佛像を撮影した。食べるため、子供たちに食べさせるために彫られた佛像の行方を求めるのが大変だった。寺院に納めた作品は判ったが、個人に渡った作品捜しに時間がかかった。その作品が素晴らしい（写真集『大佛師松久朋琳・宗琳　人と作品』春秋社。写真集『一佛一会　大佛師松久朋琳の世界』日本教文社）。

一週間に一度、工房の二階にある師の工房に、昼間から弁当持参の年輩の女性たちが集まる。女性たちは賑やかにおしゃべり。師は彫る手を休めることなく相手をされている。笑い声が階下の工房まで聞こえる。やがて昼食。それぞれが腕自慢の料理を並べる。師はそれを食するのが週一回の楽しみの様子だった。

夕方、師と私と妻の三人になると、彫刻刀を置いた手は一升ビンに伸びる。そのビンを見て妻は一瞬目を反らす。中にはマムシが入っている「マムシ酒」。「毎日、マムシとキスをする」と愉快そうに笑いながらチビリ。嗜む程度の酒量だ。

時々、十条（京都）にある小さな縄のれんへ。気分が良くなるといつの間にか隣に座る女性の手を握る。必ずお供をする書記君が女性と代わって、ふざけて（しらばっくれて）自分の手を握らせる。

師はしばらく握っているが、ふと気が付き「何やこれは」。訪れる度に繰り返す行事のようなものだった。飾らない愉快な方だった。

その師も風呂場で浄土に旅立った。

生前「ワシが死んでエンマさまにお会いしたら、木クズの匂いがする、と言われますやろうな。そしたら、エンマさん一丁彫らせて下さい、と言いますねん」と大笑い。

その顔が今でも浮んでくる。閻魔さまの裁判が終わり、許されて閻魔像を彫り、今は阿弥陀さまの元でゆっくり休みながらも、阿弥陀像を彫られているのだろうか。

その様子もまた、そう遠くない日、撮影させていただきますよ。

参禅で開眼

暑い暑い夏の終わり。京都は格別に暑かった。昭和の大佛師が制作した多くの佛像の写真集『大佛師松久朋琳・宗琳　人と作品』（春秋社）から抜粋した約五十点の写真展が終わる頃、自分の撮影した佛像の写真は〝本当の佛像写真といえるだろうか〟と悩み始めた。テレビ・新聞などで多く紹介された。沢山の方々が読み、見（観）て下さった。しかし…、大写真家といわれる方と同様の撮影方法。ただし、私の方は人数もライトも小規模。

龍谷大学の教授からの縁で、京都の臨済宗・興聖禅寺に参禅に入った。四時起床、お勤め（朝課）。粥座（朝食）が済むと作務三昧。私は便所掃除を希望。他にする仕事が多く、汗がしたたり落ちる。夕方六時に薬石（夕食）が終わると自由時間。身体は暑さと疲れでくたくた。眠くて畳に横になるが七時半からの座禅があり、眠る訳にはいかない。七時半までの一時間が格別長く感じる。ノートに般若心経を書きながら睡魔との闘い。

参禅に入って四日目。座禅の間に五分ほどの経行がある。座禅堂から廊下伝いで本堂へ。

本堂の回りを三回歩く。その時二秒くらい月が見える。

　この日「この暑い京都の空に、これほど美しい月が輝いているのか」。境内の草叢から聞こえる虫の音が、玲瓏（れいろう）として聞こえてくる。座禅堂に戻り坐すと、錯覚であろうか、そこには美しい色をした空気が流れている。坐して暫くして、私の眼から涙が。

「薄暗い中での朝課。坐して拝顔するご本尊は、蝋燭の光と僅かな自然光。その状態で撮影すれば良い」と囁く声がある。

　ごく当たり前の撮影方法に気づき、涙がこぼれた。

　私の前に住職。警策が両肩に。それもいつも以上に強い。

　翌朝、下山を告げると、住職は「駒澤さん、悟りましたね」。悟るなどという恐れ多いほどのことではないが、開眼したのである。自宅で、私の下山を待っていた妻が一言「眼がとても美しいです」。

　写真集『佛姿写伝　鎌倉』『佛姿写伝　続鎌倉』（神奈川新聞社）。神奈川新聞で二年連載し、二冊の本『鎌倉のこころ』『続鎌倉のこころ』（神奈川新聞社）は、三週ベストテン入り。

　写真展は大入り。一会場に五万人からの入場者があり、多くの方々が写真の御佛に掌を合わせておられた。その姿を見て会場側も朝日新聞東京本社事業部長も、「佛像写真展でこんな姿、初めて見ました。四国八十八ヶ所霊場巡りのお砂踏みと同じですね」。

当時、鎌倉・浄光明寺の副住職で鶴見大学の教授をされていた大三輪龍彦先生が「どの佛さまも本堂にお祀りされているそのままのお姿です」と言われた。

この言葉こそ、私が求めていた真の〝御佛の写真〟である。

火事場の馬鹿力？　失礼な！

帝国ホテルで行なわれた「ジュディ・オングショー」の撮影依頼があった。本来、このような撮影は受けないのだが、知人から是非と紹介された。

さて、当日の夕方、会場にはすでに撮影用の高さ三メートルの櫓（やぐら）が組立てられていた。撮影下見のために登ってみた。ところが組立が悪く、一番上段に設けられている手摺が外れ、私は〝アッ〟と一言発し落下。

六メートル以上離れた場所から私の行動を見守っていた妻が、猛ダッシュで飛んで来た。そして見事に私をキャッチ。

なんと、〝お姫様抱っこ！〟。

テーブルを用意していた多くのボーイたちもスタッフもただただびっくりし声も出ない。私は三台のカメラを抱えて落下。妻は「カメラが大事できっとそうなると思いました」と笑っていた。

一年ほど経って、テレビ局から電話。実はこのことを妻が読売新聞の読者欄に投書して掲載されていた。番組で取り上げたいという。三メートルの高さから六〇キロの男が落下。それを六メートル以上離れた場所から走ってキャッチ出来るかの検証番組。局は学者等を集め、実際に行なって〝可能〟と判断された。そして番組のタイトルが「火事場の馬鹿力」。それを観た妻はカンカン。「何と失礼な！」。

それからまた一年ほど経って違うテレビ番組から申し入れ。我が家でロケをしたいとのこと。私と妻役の男女（局のアナウンサー二人）と撮影スタッフ六人。八人が家の中を遠慮することなく動き回る。挙句の果てに私役の男が「この家には姿見が無いのか」と無礼千万な言葉を口走る。私もチョット出演。短い好意的なドラマに仕上がっていた。

余談だが妻の役は、後にプロ野球投手松坂大輔氏の奥さんになられたアナウンサー。

宮城まり子さん＝エッシェンバッハとねむの木学園

静岡県掛川市にある「ねむの木学園」（園長は女優の宮城まり子さん）にエッシェンバッハが来園すると聞き、多くの報道陣が集まった。

エッシェンバッハは若きピアニストとして名声を博していた。氏のアルバムの表紙に、ねむの木学園の子供が描いた作品が使用されている。それから交流が始まったという。

子供たちへのお礼も兼ねて、ピアノの演奏をプレゼント。まり子さんも子供たちも感激し、涙々の時間。「キラキラ星」など数曲を演奏。途中、多くのカメラマンのシャッター音がうるさい。

子供たちの涙を流す姿を見て、たまらなくなった私は報道陣に向かって「いいかげん静かにしてあげようよ」と怒ってしまった。自分も報道（『週刊文春』の取材）でありながら、子供たちとピアニストの感情を壊したくなかった。

昼食になり、まり子さんから私と妻の二人だけに一緒に昼食をと招かれた。エッシェンバッハ、まり子さんと私たち四人のテーブル。いろいろな交流の話を聞くことが出来た。

夜中の十二時頃、電話のベルが鳴った。不吉な知らせでなければ良いがと思いながら受話器を取る。「まり子、まり子ネ、今とても悲しいの…」と延々と一時間以上も、二週間ほど前に初めて出会ったばかりの私に、一方的に苦しい胸の内を話す。私はただ聞くのみ。

まり子さんは身体不自由な子供たちの多くを受け入れて長年になる。出発時からいろいろなバッシングなどがあった。その中で堪えて堪えてこられた。胸の苦しみを吐き出す相手は少なかったろう。演奏中に私が発した言葉がよほど嬉しかったようだ。

二年ほど経ったある日、私は原稿を書くことがあったので新幹線のグリーン車で京都に向かっていた。しばらくして何か感じる。何だろう。隣の席の人物を見る。

「まり子さん！」

「あ、駒澤さん、これからどちらへ」

「京都です。取材で」

「私も京都まで…」

それだけの会話だった。何故なら、まり子さんが深く考え事をしていたから。園の行く末、子供たちの将来や資金のことなど悩みは尽きないのだろう。

私は原稿も書かずに、移りゆく窓外を眺めていた。

「一佛一会」造語の誕生

水子地蔵の撮影（写真集『風車まわれ　水子地蔵に祈る』春秋社）に入る数日前の朝、食事が終わり、いつものようにゆっくりと会話をする。アメリカでの話や、養母の葬儀のことなど、生まれた土地や環境が違っていても人の内にある慈悲心は変わるものではない。言葉が通じ合えなくても、目が物語るし、心は通じ合うもの。宗教が違っても佛教的に言えば、それは佛心があるということ。

そこで二人の間に生まれた造語が「一佛一会」であった。一から始まり、無限に広がっていく。雨が万物を潤すように、釈尊の教えも人々の心を潤して下さる。一人ひとりが〝佛〟であれば争いは起こらない。

このような意味である。

「一佛一会」の言葉は、共同通信社の主任記者から、是非この言葉について原稿を書いてほしいと頼まれ、その原稿は共同通信社から各地方紙に囲いの記事として送られ、掲載された。

大哲学者の中村元先生も『一佛一会　大佛師松久朋琳の世界』(日本教文社)に〝一即一切・一切即一〟を引用された後、「この中に一切合切という意味が含まれている」と語って下さった言葉が、今も耳に残っている。

私の講演、お話し会などは、主催者側がタイトルを「一佛一会」と題するようになった。

出会いが無ければ

滋賀県高月町（現・長浜市）の歴史民俗資料館を訪ねた。二十五年前に〝必ず撮影に赴きたい。湖北の御佛を撮影したい〟と思っていた湖北。この地方の撮影事情を知りたくて資料館を訪ねた。

「この駒澤さんでしょうか」と男性の学芸員。

妻が私の名刺を出すと、彼は資料棚からスクラップブックを出した。それは私が二年間、毎週一回、神奈川新聞に連載した「佛像群像」のコピーだった。私も妻も驚き、「何故こちらに」と聞くと、鎌倉の知人が毎週送って下さったとのこと。

「湖北地方の御佛を撮影し、写真集や写真展を行ないたい」と話すと、「湖北は無住寺院（住職が不在）がほとんどです。昔から村人が守っていて、当番が鍵を持ち回り。誰が当番か判りにくい。私に手伝わせて下さい」。

この申し出に、その大変なことも知らなかったので感謝感謝。この佐々木悦也氏との出会いがなければ、写真集『佛姿写伝　近江／湖北妙音』（日本教文社）は生まれなかったであろう。挫折していただろう。私の撮影のために、当番の方は一日仕事が出来ない。氏は半年間、当番を調べ、交渉と神経を使い少々胃を悪くされた様子だった。撮影には常に同行、手伝って下さった。

写真集の完成を一番喜んで下さったのは当然、佐々木氏だった。

湖北妙音

滋賀県の琵琶湖の北部地方を「湖北地方」と呼ぶ。この湖北に祀られている御佛の撮影を始めた。

最初に訪れたのは「鶏足寺」。この寺院は無住で村人が守っている。奈良時代から江戸時代の御佛が約百体祀られていて、多くが国の重要文化財の指定を受けている。

撮影が昼に近づいた頃、区長さんが「昼食を食べるのに近くに店が無いから、米と電気釜を持ってきた。自由に食べて下さい」。私と妻と助手の三人に対しての気遣いに心から感謝。

十一月末、撮影が終わりに近づいた。十数軒で守っている「石道寺の十一面観音像」。どうしても撮影したい御佛で、半年前から三回にわたり撮影許可願いを出していた。断わられ断わられても。

私が二十五歳の時にＮＨＫのテレビに映し出されたこの御佛が、私が湖北地方に足を運ぶきっかけだった。その御佛が最後まで撮影出来ないのがなんとしても無念でならなかった。そして意を決して、四度目の許可願いを持参し、区長さんにお願いをした。

さすがに区長さんも私の気持ちを察して下さったのだろう。「判りました。もう一度皆さんに集まってもらい相談しましょう」と受け取った。

私は帰宅して返事を待った。翌早朝のこと。

「先生、全員が撮影に賛成してくれました。こちらは雪が降り始め寒くなりました。先生は大切な方です。どうか風邪を引かぬよう温かい服装でおいで下さい」

電話の先の声は涙声だった。受ける私は、その優しさに涙が止らない。

十二月、撮影が終わり写真集『佛姿写伝　近江／湖北妙音』（日本教文社）が誕生した。横浜・髙島屋百貨店での写真展には四万人の来場者。この写真集・写真展によって、関東方面から湖北地方へのブームに火を付けた。協力して下さった湖北地方の方々に少しはお役に立っただろうか。

オチの話＝印度

それはひどい腰痛だった。大病院で検査。「即入院、手術」と言われたが断り、数万円払って丈夫なコルセットを注文し、腰に付けた。そして手術から逃れたい思いもあって印度の旅に出た。

主治医は呆れる、妻は怒る。沢山の薬をもらい出発した。

アウランガーバードの荒れ果てた大地に立ち、釈尊を思い、感激に涙したその時から腰痛が治っていた。重い機材をエレベーターのごとく下ろし、持ち上げていたが、気が付くと〝ひょ〟と持ち上げていた。奇跡としか思えないことだった。

佛のご加護に感謝しつつ、撮影に力が入り博物館・遺跡・人物・風景と、限られた中で許された時間をフルに活用して強行。その結果、帰国途上の機内でダウン。客室乗務員に毛布を掛けてもらい安静にしていた。

機内放送で医者を捜すアナウンスがあった。私より重い病人がいるのかと案じていた。

ところがそれは私のためだった。

「駒澤先生ですね。私たちは写真愛好家グループで、印度に撮影旅行の帰りです」とニコニコ顔で話し出す。そして「血圧を計らせていただきます。実は私、人間を診察するのは初めてでして。ただ血圧を計るくらいのことは人間も動物も同じですから…」。

「?…」（私）

「極度の疲労です。安心しました」

親切に好意的に、かつ自発的に診察して下さったのが〝獣医さん〟だった。

着いた空港では車椅子が用意され、印度からの帰国だというのに荷物の検査も無くフリーパス。これもご加護か。

帰国して妻にその話をしたら、心配するよりもその〝オチ〟に大いに喜んでいた!

タンブン（施し）・1　タイ

タイの国民の九五％は佛教徒。タイ佛国土の人々にとって「タンブン」という言葉はおそらく一番生活に密着し、喜ばしいのではないか。

私立寺院ワット・パクナムの朝。境内に祀られた黄金色の釈尊像に、老婆が一バーツ（三円）をタンブンした。その姿を失礼ながら撮影する。私に向かってニッコリほほ笑みながら「タンブン出来る喜びです」と言う。

そう、タンブンは金額の多いことでもなく、花（蓮）や品物でもない。徳を積み、御佛と共に生活する者の真摯な姿をそこに見た。

まだ薄暗いバンコク市の朝は数千、数万の僧侶の托鉢の姿がある。人々はたとえ雨の日でも路上で待ち、その濡れた路上に低頭礼拝しタンブンする。日本ではまず考えられない信徒の姿。信仰という姿をそこに見た。

スコータイの早朝。遥か遠くに四人の托鉢僧の姿。路上で一人の老婆がタンブンするのを待つ。十分、十五分。四人の僧侶の鉢に貧しい食物を施す。

しかし、その食物のなんと尊いことか。僧侶は朝、食物のタンブンが無ければ一日何も食わず。私は十バーツを一人ひとりにタンブンした。一人の少年僧の鉢の中が見えた。先ほどの老婆の食物以外、何も入っていなかった。

タンブン・2　タイ

タイ僧侶の落合隆師（マハプンギョー師。偉大な徳を持つ者の意）は、二年振りに帰国した。九十二歳の父と八十七歳の年老いた母親からのたっての願いに対するワット・パクナムの住職の特別の計らいでの帰国だった。

テーラーワーダ（南方上座部佛教）僧の姿での帰国は、成田空港で思わぬことがあった。一人のタイ人男性が話しかけてきた。その彼は昼食をタンブンし、東京・芝の増上寺会館までの交通費と、師の荷物を持って部屋まで運んだ。彼にとって大変な出費だったろう。

師は特別にお礼する物が無いので、タイから持参した土産の菓子を手渡そうとしたところ「私はタイの菓子はよく知っています。日本の人に上げて下さい。その方が土産として生きます」と言って帰られた。

「教えられました」と師はニッコリ。

タンブン・3　タイ

マハプンギョー師（落合隆師）は、ミャンマーに近い山麓寺院に住していた。得度して半年ほどだった。村落までは片道七キロ。毎日の托鉢はまだ暗いうちに出る。トラもいればコブラもいる。村人がトラに襲われることはあるが、僧侶が襲われた話は聞かないという。そのような道を懐中電灯の光を頼りに歩く。村落を歩いても食のタンブンが無ければ一日何も食わず。その日もタンブンが無く帰路につく。

途中一台のトラック。運転手はトラックを止め、静かに弁当箱から全ての食物を鉢に入れた。僧侶は言葉を発しない。だがこの時、師は心の中で幾度もありがとうを繰り返したと言う。重労働に出掛ける男性が、自分の昼食を犠牲にしての施し。

タイで得度し、托鉢の中で初めて本当の意味の〝施し〟の尊さを知ったという。

花開いた陶工＝金森伸郎さん

ある日、横須賀の法雨庵に陶工が訪ねて来た。一度面識のある男だった。

「先生、僕に二百万円下さい」

驚いた私はしばらく声が出ない。

「赤松を買うのに二百万円が必要です。それが無いと作品が焼けません」

私はしばらく考えた。金も無い。

「二週間後に滋賀県に佛像の撮影に出るが、撮影は半年ほどかかると思う。一日七千円で三食付き、宿付き。まるまる七千円で半年間。車の運転と機材持ち。それで良かったら手伝わないか」

彼は喜んで「お願いします！」。

彼は、「三重県のチベット」と地元の人が言う菰野町の山中に住んでいた。風呂は外にある〝五右衛門風呂〟。水は五〇〇メートルほど下にある県の運動場の水道まで汲み取りに行く。トイレは外に穴を掘り、板を渡したごく簡単なもの。風呂の横には桜の大木。四月はなかなかの風情があって悪くない。

彼は撮影二日目の夜から毎晩のように外出した。酒飲みではない男が何故。三日目から撮影前に私と妻が唱える般若心経を小さな声で唱えるようになっていた。

オヤっと思い聞いてみたら、夜、宿の近くにある本屋で心経を読んでいたという。感心した。仕事も妻の行動を見ていて、その動き通りにこなし、立派な助手になっていた。

半年が過ぎ、彼は工房に戻り窯に火を入れた。十日後、そこでは大変な作品が生まれた。志野焼四百五十年で初めて生まれた器を〝雪志野〟と命名。この名は鎌倉にある陶器処加満久良の主・浅葉時光氏が付けた。

私はこのニュースを、連載している月刊誌や新聞に書いた。全国の金持ち読者から注文がくる。だが、一年あるいは二年に一つ生まれるかどうか判らない作品。面白いもので、今までほとんど目を掛けなかった百貨店の陶器売り場は、彼に六畳ほどのスペースを設ける。個展も開けるようになり、現在は妻を迎え、三人の子供を得た。めでたし、めでたしである。

武士の情＝石原裕次郎さんへ

夏の終わりのある日、某ゴルフ場のコース写真撮影の依頼を受けた。四番ホールのグリーン上から撮影している時だった。五人のグループが歩いて来た。プレー中ではあったがどうも不自然な様子。一人を庇っているように見える。近づいて来てその意味が判った。グループは石原プロの役者たち。そして一人は病気と戦っているボスの石原裕次郎さんだ。メディアが彼の報道を競っている時だった。カメラ二台を持っている私に気が付き、二人の男が私のところに駆け寄ってきた。

神田正輝さんと舘ひろしさん。

「すみません。おたくはどちらの報道の方でしょうか」と丁寧な言葉づかい。

私はすぐに察し「心配いりません。フリーの写真家で、このコースの撮影を依頼された者です。安心してプレーなさい。裕次郎さんをお大事に」。

お二人は安心した顔をされ、丁寧に挨拶してプレーに戻った。

翌々日、このことを『週刊文春』のデスクに話すと「ええ、何で。大スクープだったのに」と呆れた顔をされた。私もそのことは充分に判っていたのだが、そこは〝武士の情〟もあろうというもの。

それから半年ほどして、私の『印度　生死の月』（春秋社）の写真集出版記念パーティーがあった。

乾杯の音頭役が月刊『文藝春秋』のデスクで、乾杯の前にゴルフ場でのことを語った。そして「あの日スクープだったのにあえて撮影しなかったのは、佛道に進んだ琛道さんならではと思いました」。

男を見せろ！

知人はかつて呉服商を営んでいた。特に西陣織を多く扱っていた。京都の紫野に邸宅を構え、二つの別荘を持つ身だった。

ところが突然心臓病を発して入院。不幸は重なるもので、入院中に会社は不渡り手形を受けてしまった。倒産し、邸宅も別荘も失った。奥さんと子供二人。息子は留学先のカナダから帰国。奥さんとも別居。四人は別々の生活を余儀なくされた。

美人の娘さんは、室内デザイナーをしていた。ちょうどその頃、その娘さんに結婚話が持ち上がっていた。恋愛だった。だが娘さんは現在の家庭事情を話し、結婚を断った。

男性は悩んだ末に父親に相談。

すると父親は「男がこんな時に立ち上がらんでどうする。全てを受け入れろ。相手方には一銭の負担も掛けるな。今こそ男を見せろ！」と一喝したという。

「身一つで来てくれれば良い」と迎え入れ、素晴らしい結婚式が行なわれた。純白のウエディングドレスを身に着けた娘さんは、この上なく美しく輝いていたという。

今、幸せな生活を送っている。そして、氏も再び奥さんと生活をし、共同で仕事に励んでいる。

一千万円を振った馬鹿な私

写真集『佛姿写伝　鎌倉』『佛姿写伝　続鎌倉』（神奈川新聞社）を出版。そして写真展。横浜・髙島屋百貨店の特別会場での写真展は五万人余りの来場者だった。

朝日新聞や神奈川新聞などで評判になった写真集・写真展で、来場者の多くが写真の佛像に合掌されていた。この光景に新聞社も百貨店担当者も驚かれた。

この会場に、某百貨店の販売担当者と出入りの広告会社の男性が挨拶に来た。

「あの大きな写真パネル（畳大）を十枚買いたいのです。如何でしょうか」

なんでも新築したそれぞれの家の応接間に飾ると言う。バブルの頃で私の写真はこのサイズで、贅沢なパネル張りで相場が一枚百万円（私が付ける値段ではない）。

ところがライバルである百貨店の会場の中で、ましてや人混みの中。余りにも無神経な交渉の仕方に「売りません。断ります」と即答。大邸宅であっても、二十畳ほどの部屋でも、畳大の佛像写真は余りにも大き過ぎるとも付け加えた。

佛像撮影は大変なお金が必要だ。私にとってノドから手が出るほどの金額だった。
その話を聞いた妻はガッカリ…。でも琛道さんらしいと笑っていた。

怒りでコメンテーターを断る

ずい分前の話になるが、某日、大手の広告代理店のディレクターと、テレビのディレクターが訪ねて来た。「某番組のコメンテーターになってほしい」との話だった。しばらく語り合っていたのだが、最後になってテレビのディレクターが「先生、視聴者は十四歳くらいの程度と思って下さい」。その言葉を聞いてすぐにお断わりした。なんて無礼な。視聴者をなんと心得ているのか。その傲慢な狡猾的な不埒な言葉に怒りを覚えた。

歌手デビュー？

子供の頃から歌うことが好きだった。養子に出され、ちょっと淋しい時は裏庭で大きな声で歌った。近所のおばさんが「晃ちゃん、歌上手だねえ」。

小学校、中学校でもおそらくクラスで一番上手だったかも知れない。なぜなら、よく一人で歌わされたから。指揮棒を振るのも好きだった。音楽の先生から幾度か指揮をするように指名された。

学校の音楽祭でのこと。貧しくなって、ズボンのおしりに大きな継ぎ当てがあった。中学三年で好きな女の子がいた。壇上では聞く生徒たちに背を向ける。女子学生に見られるのが、たまらなく恥ずかしく切なかった思い出がある。

高校時代も指揮棒を振った。

ある日、家の近くに流れる裾花川で、大学生が大声で歌っている。川の流れの音で、かなり大声を出さないと聞こえてこない。

「お兄さん、何故ここで歌っているの」

「音楽大学の声楽科を受けるんだ。大きな声が出るように、流れの音に負けないように練習している」

私も真似して声を出す。

私はウラ声も出せるし、女性のような高音も出せる。

女性の声といえば、社会人になり、出版社の写真部に勤めていた時の話。ある日、暗室で女性の声で気持ちよく歌っていた。ところが写真室の女性事務員が私の顔を見て憮然としている。聞けば「駒澤さんが歌っているのに、私が歌っていると思った他の部署の部長に怒られた」とのこと。すまん、すまん。私は淡谷のり子さんの真似も大得意。

アメリカ生活から帰国して間もなくの話。某プロダクションの社長と、ビクターレコードのプロデューサーが「駒澤さん、歌う写真家デビューしませんか」と本気で誘う。

私はすでに三十七歳。今さら地方回りで、ミカン箱上で歌うつもりも無い、等々の理由でお断わりした。「そんなことはさせませんから」と更に誘うが、己を知っている年代。

甘い誘いにはクワバラ、クワバラ。

大山は心の師

「大山に一緒に登ってから四年。この間にいろいろありました。私は体調を崩し、十数年病に伏していた父は今年二月、八年間重病だった祖母は五月に亡くなりました。二人を悔いなくお浄土に送り出しました」

四年間で二十キロ痩せた寺地重俊師（当時三十七歳）の姿を見て、家庭事情を知っていた私は、居たたまれない気持ちだった。

山陰の霊峰・大山（一七二九メートル）。寺地重俊師は、佛事の他に五月から晩秋まで大山の頂上まで荷物を運ぶ〝強力（ごうりき）〟（本来は修験者に従い力役（りょくえき）を務める行者の意）をやっていた。この間、頂上まで八十回の往復。高校二年の時からの強力生活は十七年間に及んだ。冬場は寒行の托鉢で、岡山市や大阪まで遠鉢（遠い場所での托鉢の意）をした。

「強力はストレスが解消され、美しい風景を眺め『自然に生かされていること』を教えられ、新しい気持ちを与えられて、自然と一体になって下山出来る。私の最も大切な修行で、大山は〝心の師です〟。一緒に頂上まで登っていただければ、それが判って下さると思います」

その言葉に魅かれて私は大山に登った（月刊『文藝春秋』他のグラビア撮影）。

苔むした樹齢数百年のミズナラの大木。ブナの林。途中、水量豊富な大山滝。滝の水しぶきと一緒に、滝の両側に咲く藤の花の香りが飛んでくる。山道をウグイスが導いてくれる。

やがて、新緑に輝くブナの林から望む北壁には残雪が光り、黒々とした肌と新緑とのコントラストが美しい。

いきなりの登山に疲れて一休みする。何もかも忘れてこの光景を眺め、写真を撮る。

「初めて大山の頂上まで登り、苦しい中で写真を撮られる駒澤さんの気持ちと、強力をする私は同じではないでしょうか」

師の言葉が胸にしみる。

その後届いた手紙に「強力を止めてからも大山は〝心の師〟」と書かれていた。

ちなみに、何のトレーニングもしないで勢いで頂上まで登った大山。帰りは新横浜駅の階段をまともに下りることが出来ず、手すりにつかまり逆向でソロリ、ソロリと下った。

取材から帰り、妻にそのことを話すと、無謀を怒るかと思ったら、私の情けない姿を想像したのか大笑いしていた。

クシーナガルの涅槃像
=印度（子供たちと『夕やけ小やけ』を歌う）

印度北部のクシーナガル。釈尊が涅槃に入られた地である。

ここに涅槃堂（ニルバーナ・チャイティヤ）があり、堂内には六・一メートルの涅槃像が祀られている。この涅槃像については、頭部以外が布で覆われていることは知っていた。

佛像の前で低頭礼拝を三回、一行十五人と般若心経を唱えながら御像を三回り。そしてまた、低頭礼拝を三回。

終わってカメラを構えた。ファインダーの前を黄色の布が大きく舞って涅槃像の全身が現れた。堂守りさんが私たちの姿を見て、布を取って下さったのだ。御像の回りには私たちを見学していた印度人が約三十人。その人たちが一斉に外に出た。私は窓から差し込む夕方の光を受けて輝き横たわる御像を夢中で撮影。

そして五分ほどでまた全身に布が被せられた。

私は御像の前に坐し、涙が止まらない。

「先生、何故そんなに泣かれるのですか」。涙を拭くことなく坐す私に一行の一人が尋ねた。

私は「この御像の全身の姿を撮影できたのは、知る限り日本人では三十年ほど振りでしょう。有り難くて…」。質問した一行の多くが感動の涙を流す。

後で判るのだが、日本のテレビ二局では、衣で全身を覆った姿の撮影しかなされていない。

外に出ると今にも夕陽が沈むところだった。二十人近い子供たちが私たちを見ている。

私はガイド君に、

「この子供たちと日本の歌を歌おうよ。〝夕やけ小やけ〟が良いのでは」

「いいですネ。話してみましょう」

子供たちは喜んで集まり、一小節、一小節ついて歌う。そして通しで歌う。歌は心を繋ぐ。

楽しい。楽しそうな子供たち。

夕焼けが格別に美しかった。

三人の巨頭＝井上靖先生

写真集『佛姿写伝　近江／湖北妙音』（日本教文社）のレイアウトが始まった。序文は作家の井上靖先生に是非との思いでお願いした。

一面識もなかったが、手紙を差し上げたところ快く会って下さった。玄関でお話する程度と思っていたが、応接間で二時間半ほど持参した佛像写真をご覧になられたり、孔子の話をして下さった。

後日、序文を載きに上がると、応接間の机に私の作品集が数冊積まれていた。依頼者を知るために、数冊の作品集を求められていたのである。私は自分の愚かさを恥じた。

この日、先生は以前から体調を悪くされていたのに、小瓶だったがビールを機嫌良く飲まれた。「本当はお酒はいけないのですよ。駒澤さんをダシにして」と奥様が笑われた。

写真集をお届けした私に先生はサインを求められた。私が戸惑っていると「奥さん、私の書斎を案内しましょう」と言われ、私が書き易いようにと気遣って下さった。妻は書斎、庭も案内していただき大喜びだった。先生の優しさに心打たれた。

先生は本来タブーであろう話をされた。

「写真の大家と言われている某君の家にお邪魔したら、庭に石佛が放ったらかしにされ、ころがっていた。地方のどこかの土手から持ってきたという。『キミ、石佛を粗末にしてはいけない。きちっと祀りなさい』と注意した。それから一週間もしてその彼は倒れ、重い病に伏してしまった」

私がこの方と同様、佛像撮影に力を注いでいる上で、心の迷いが起きないように、それとなく注意を与えて下さったのであろう。

この日も三時間ほど孔子の話をされた。その後間もなく『孔子』を上梓されベストセラーになった。あの時、私たちに話をしながら、作品をまとめられていたのかも知れない。

別れの時、玄関まで見送って下さった。飄々とした着物姿で佇まれていたお姿が忘れられない。玄関から門までの道の両側に、落葉した黄色い葉が美しく幾重にも重なっていた。そこにも美意識へのこだわりがあるように思えた。

この日が先生との永久の別れだった。

三人の巨頭＝水上勉先生

一九八三年、京都で水上勉先生に初めてお会いした。私の写真集『大佛師松久朋琳・宗琳　人と作品』（春秋社）に掲載予定の、朋琳師と対談している写真撮影の日。

私は前夜から体調が悪く、夜中に激痛で苦しんでいた。原因不明のままホテルから撮影場所に行く途中、タクシーの運転手さんの機転で病院に運ばれた。「尿管結石。すぐに入院するか、東京へ帰るか」と言われたが、大切な撮影があるからとその両方を拒否した。医者はあきれた様子で「痛み止めといっても、効くかどうかは保証しない」と頓服薬を渡された。

先生の待つホテルへ。事情を話したら「あなたは面白い人だね」と言われた。そこから一時間かかって撮影場所へ。脂汗を流しながら二時間ほどかけて撮影し、これで良しと思うカットが撮れた。「これ以上我慢が出来ません」と救急車を呼んでもらい入院となった。

翌年の二月、成城にある先生宅を訪問するにあたり、同行の編集者が「先生は午前中は機嫌が悪いそうです」と恐れていたが、私と妻には殊の外優しく接して話され、原稿用紙十三枚の手書の序文を下さった。

この時、先生から〝雪門玄松〟をテーマに撮影したら、と言われたが、勉強不足の私はなかなか腰が上がらずじまいだった。後に知るのだが、雪門玄松老師は、臨済宗の大変な高僧だった。若狭の寒村に、貧しい庵に住し、村人に親しまれた僧侶である。先生は晩年雪門老師の本を出版された。先生の文章と私の写真で本にしたかった。

先生は、平成十六年に永眠された。

先生は若狭に〝若州一滴文庫〟を創られ、その意を継いで現在も開設されている。中でも先生が力を注がれたのが竹人形の世界。「はなれ瞽女おりん」「越前竹人形」「安寿と厨子王」などの作品に思わず引き込まれた。

一滴文庫のこけら落としの時、友人である車椅子女優の萩生田千津子さんが語り部として出演したのも深い縁を感じた。

先生が中国古来の竹紙を研究し制作したのは、「竹を伐って命を貰い、その竹を約八年間水に漬ける。伐ったどの木からも命を貰い、その命を燃やして竹を煮て、竹紙となって新たな命が甦る」という命の大切さを後世の人たちに知ってほしかったのであろう。

三人の巨頭＝中村元先生

世界的な哲学者・中村元先生に初めてお目にかかったのは「鎌倉の佛像」（『佛姿写伝鎌倉』神奈川新聞社）の撮影が終了してからである。写真集の出版準備に入り、先生に序文をお願いしに、神田にある東方学院に伺った。

ご多忙にもかかわらず、初対面の私と妻を快く迎えて下さった。百枚以上の持参した写真を一枚一枚丁寧にご覧になった。長年撮影してきた私たちに労いの言葉と、作品に対して大変喜んで下さった。

序文を快諾して下さり、帰りには廊下の一番奥のエレベーターまで来られて、扉が閉まるまで見送って下さったことが、私たちには深く印象に残った。

その後、『印度　生死の月』（春秋社）の写真集にも文を寄せて下さった。

「…写真の一つ一つが我々に深い感動を与え、豊かで玄妙なる生死の奥深さについて考えさせる…」

そして、写真集『佛姿写伝　鎌倉』には「…幾多の佛像を見ると、痛切な感銘を受け、一体一体の佛像が生きて命が通っていて、じかに息吹きを感じられる…」と、序文を書いて下さった。

明け方、短い夢を見た。ひなびた田園風景。私は托鉢で農道を歩いていた。農道脇に低い石垣があり、老人が腰を下ろされていた。よく見ると中村元先生だった。

私は「先生如何なされましたか。具合でも悪いのですか」と声をお掛けした。

「やあ駒澤さん、大丈夫です。ちょっと疲れて休んでいます。ところで、この辺りに佛像を拝観出来る寺院はありませんか」

と言われる声が心なしか元気が無かった。

「はい、もう少し先に丈六の阿弥陀如来像をお祀りしている寺院がございます。ご案内致しましょうか」

「いやあ、一人で参りたいと思います。有難う」

先生とは、そこでお別れして目が覚めた。不思議な夢だった。

朝食の時、妻に夢の話をした。余りにも唐突な夢だったので、先生は体調がお悪いのではないか…。そう思いつつ、先生との出会いや、写真集『一佛一会　大佛師松久朋琳の世界』（日本教文社）の出版記念会で、私たちの造語である「一佛一会」について、先生が約二十分も語られたこと。後に、先生の出版物の中で「一佛一会」について書かれたことなど懐かしく語り合っていた。

その直後、ＮＨＫの朝のニュースで、中村先生の訃報が伝えられた。先生が旅立たれたのは、私が先生の夢を見ていた頃の時間だった。

忍辱の生涯＝田畑賢住師

今日は運慶が制作した作品で最も若い時の佛像と言われる大日如来坐像を拝観した。

近鉄奈良駅から柳生に向かってバスで三十分ほど行くと標高約四〇〇メートルの台地に出る。忍辱山(にんにくせん)・円成寺の本堂は神社に似た全国でも珍しい妻入り＝入母屋づくりに両庇を付けた、春日造社殿両庇付寝殿造である。国の重要文化財に指定されている。

堂内には藤原期の本尊・阿弥陀如来坐像と鎌倉期の四天王立像（共に国重文）や、平安前期の十一面観世音菩薩立像など多くの佛像。また本堂を支える四本の柱に描かれた極彩色の聖衆来迎二十五菩薩が素晴らしい。優しいお姿である。

本堂前の多宝塔に祀られているのが、拝観目的であった大日如来坐像（国宝）。運慶が二十代に造像したと言われるだけあって、若々しく端整なお顔をされている。

境内の庭には白萩が咲き、その花に混ざって紫の桔梗の花が色を添えていた。

山号の「忍辱」とは佛教でいう菩薩の六種の修行、六波羅蜜（布施・持戒・忍辱・精進・

禅定・般若）の一つで「いかなる身心の苦悩も耐え忍んで心を動かさない」ということである。

住職（当時）の田畑賢住師は、一九九七年六月、八十五歳で遷化（せんげ）された。飾りのないお姿が奈良市民や遠くからの参拝者に親しまれ、「心に残る住職」と人々は口を揃える。三百六十五日、本堂内に坐って訪れる参拝者を迎えられた。厳冬でも手炙り用の小さな火鉢に手を添える程度で一日坐し、足袋の綻びは何度も繕って気にもとめない姿に心打たれた。

師がこの寺に赴かれた時、寺は荒れ果て、復興に大変な苦労をされた。

ある日、奈良国立博物館の館長が「運慶の大日如来像を売って下さい。そうすれば本堂などすぐに建て替え出来ますよ」と言った。師はやんわり断り、現在の円成寺の姿にしてきた。生活を切りつめ切りつめして少しづつ改築された。「すまないなぁ」「世話をかけたなぁ」「みんないい子やなぁ」と、いつも眼鏡の奥のやさしい眼差しが家族を見守っていた、と娘の紀子さんが語っていた。

師の尊敬する師匠の言葉「人生たる道を全うして、賢聖にも至るべく佛果をも期すべきなり」を座右の銘にして、まさに清貧を貫き通した師の生涯は道を求める者への教えとして、私の心に留めている。

私の出家得度

平成三年十一月二十五日、臨済宗・建長寺派大本山・建長寺において、第二百四十世管長・栢樹庵吉田正道老師のもとで出家得度した。

法名「琛道」を授かった。〝琛〟は探り得た宝もの・珍しい宝石という意。

得度式の終わりに、

「身は虚空のごとく、とらわれること無く。心は蓮華のごとく、清く暮らしていかれよ」

と戒めの言葉を言われた。

「托鉢免許証　五九八号」を平成五年四月八日に建長寺から授与された。

得度式は、その日の朝日新聞の夕刊二面上部に写真入りで。その月の月刊『文藝春秋』の二頁グラビアで。神奈川新聞等、多くのメディアが報道。身に余ることであった。

一番弟子

東京・有楽町で行なった写真展「佛姿写伝　妙道」会場でのこと。四十代前後の男性が、何か気恥ずかしげに話しかけてきた。

「あのーお願いがあります。前の〝法雨のごとく〟の写真展に出品されていた『善財童子』の写真を譲ってほしいのです。今、三万円しかお支払い出来ません。ダメでしょうか」

全紙パネル判での注文だった。その頃、駒澤晃ということだけで全紙パネルが四十万円と業者の中で勝手に決められていた。

彼の申し出に少々驚いたが、真剣な澄んだ目を見て、「写真の扱いは?」と私。

「事務所に飾り毎日掌を合わせます」

「判りました。制作費がちょうど三万円。最終日の四時頃に受け取りに来て下さい」

それから次の写真展にも彼は来た。

「あの時の写真をもう一枚譲って下さい。名古屋に支店が出来ました。その支店に飾ります。六万円お支払い出来ます」

そしてそれから二年後、有楽町の会場に三度彼が来場した。「先生、私の会社に是非おいでいただきたいのです。お待ち致します」と言って名刺を渡された。

私は二ヵ月後、一度訪ねてみようかと水道橋にある彼の会社に。彼は大変喜んで迎えてくれた。

「この机も、この電話も先生の専用です。社員四十五人は先生の事務員と思って下さい。どうか今日からここを東京の事務所として使って下さい。あの日から一週間おきに花も替えてお待ちしていました」

机上には美しい花が飾られていた。私はこの日までの無礼を詫び、早速名刺を頼んだ。しばらく日が過ぎ、一階の大部屋から十階に個室を設けてくれた。本棚も三つ用意してくれた。私は余り銀行に用の無い者で、半年後に判ったのだが、あの日から毎月二十万円が〝顧問料〟として振り込まれていた。

三年が過ぎた。珍しく彼が部屋に入って来た。

「私を弟子にしていただけませんか」と言う。私は出家得度した時から、弟子は持たないと決めていた。が、彼の日頃の生き方を見て、快く応じた。
それから一年余り、余りにも若く、早くに彼は浄土に旅立った。
私は印度から帰り、二ヵ月振りに彼と会った。
「その痩せ方は何だ。すぐに病院に行け！」と叱ったが、すでに手遅れだった。
毎日、夜中の二時頃まで働き続けた五体は、癌に冒されて末期になっていた。

その企業名は㈱デスクワン。全国の新聞、月刊誌、週刊誌などから、契約している各企業に関する情報を切り抜き、早朝の〝バイク便〟で届ける仕事を最初に起こし、会社は順調に発展した。銀行、信用金庫が関東にある企業の数万社から、毎年「優良企業」を表彰していた。その年、三社が選ばれ、㈱デスクワンがその一社に選ばれた。
私にその喜びを伝えたあの笑顔が今も強く残っている。

ハイジャック＝印度

「駒澤探道と印度巡礼旅」も六回に及ぶ。五回目の出来事。八日間の旅での六日目。日程では飛行機便の予約が出来ていた。

ヴァーラナシーからデリーまでの空路を「列車の旅を経験していただくのも良いネ」とガイド君と話す。一等車なら安全だし、車両の両サイドにライフルを持った警官がいる姿も旅の思い出になるだろう、と参加者に意見を聞いた。皆さんの賛同を得て夜行列車に。

夜中と早朝の田園風景。田舎街の光景などは記憶に残るものだろう。デリーのホテルに無事着くと、フロントで待っていた現地の旅行エージェンシーの女性がいきなり「先生よかった。皆さんが乗る筈だった飛行機がハイジャックに！」。

ああ、何という御佛の助け。思わず合掌した。

駒澤先生ですよネ

大分県臼杵市に、国内の石佛で初めて国宝指定を受けた石佛群がある。その石佛群を反対側に面する林の中に在銘五輪塔では二番目に古い嘉応二年（一一九〇年）の銘が彫られた五輪塔（個人管理）がある。

㈱石文社発行の業界誌『月刊石材』の表紙とグラビアで石塔の撮影に入って三年目。その五輪塔の撮影許可がいただけた。国の重文指定になり、市は木材で屋根付きの囲いをつくり保護していた。指定されてから、すでに多くの地元報道陣に取材されていた。

私は一人撮影。だが囲いで思うように五輪塔の全体写真が撮れない。お手上げ状態でしばらく悩んでいると「待ってて下さい。家に戻って、また来ます」と案内して下さった持主がその場を離れた。幾つかの道具を持参。にわかに囲いを壊し始めた。

「壊して良いのでしょうか。市がつくったのでしょう」と私。

「駒澤琛道先生ですよネ。先生が十六年毎月連載された文章を全部読み、本は持っています」

「先生には満足した撮影をしてほしい。構いません。後で直しておきますから。撮影が終わったら是非家に寄って下さい」

感謝し、納得する撮影が出来た。

帰りの飛行機の予約時間が迫っていたが、五分だけと申し上げてお邪魔した。本棚には十六年分の月刊『白鳩』（日本教文社）が並んでいた。

この遠く離れた、それも思いもよらない土地で、私の連載を愛読しておられたことへの感謝と、常に生活態度を正しくしておらねばならないと思う日でもあった。

開拓者（日本人だから）＝アマゾン

アマゾンの奥地で開拓農業をしている日系一世の森さん（熊本出身）にお会いするために、ブラジルのベレンからマナウスまで空路で一時間。更にマナウスからパリンチェンスまで小型機で一時間半。機内から見下ろすアマゾン川の広大な風景に目を奪われた。川の中に点在する島々。一番大きな島（マラジョ島）は九州とほぼ同じ面積。ジャングルの中に家が一軒。数キロ離れた島にまた一軒。都会生活に慣れきった者にとっては、生命力の原点を改めて考えさせせられる。

パリンチェンスからモーターボートで行くアマゾン川は陸が見えず、空と水面しか視界に入らない。凪が数キロ続き、今度は大波が押し寄せる。それが延々と続く。まるで大海原にいるようだ。

二時間半ほどして、ようやく辿り着いた私たちを、笑顔で迎えてくれた森さんは、とても八十五歳（当時）とは思えぬ若々しさだ。

気がゆるんだ同行者が「いやあ遠いですね。四十時間が遠い？　バカ言っちゃいけんですよ。ついこの間までは釘一つ買うにも、ここからパリンチェンスの街まで川幅が何十キロもある川を、独りでカヌーを漕いで、片道だけでも一昼夜かけて行っていたんですよ」。

話を聞きながら今渡って来た川を目の当たりにし恐怖すら覚えた。

森さんは六十年前、熊本から他の十一家族と共にブラジル国から与えられた無人島のこの島に移り住んだ。一家族に与えられた土地は一〇〇メートル四方だけ。密林と毒蛇、蚊などとの戦いの毎日。住いをつくったが、余りの過酷さに、一家族が減り、また一家族が減りと、この地を去っていく。森さん夫婦だけが残った。

去っていった者たちの土地を耕すと、法律では耕した者の土地になるという。ひたすら土地を耕し開拓した苦労が実って大地主になった（ひとつの島全部）。

「家も、なにもかも自分でつくった」とポツリつぶやいた。開拓した畑で、蔓性低木のガラナを育て、その実のガラナ酒で成功した。森さんの顔からは並々ならぬ力強さと生命の息吹きと気骨が感じられた。「六十年もバカだから出来たんですよ。日本人だからこそ頑張らなあいけんとですよ。バカにされんよう貧しか生活はできんとです」。

ここで生活する限り、今も電気も水道も無い。

檻に入る＝アマゾン

かつてゴムで栄えた街マナウス。アマゾンに出来た完全にヨーロッパ様式の街である。富を得た者たちの娯楽に贅沢なオペラハウス、アマゾネス劇場まである。マナウスからモーター付きのカヌーでホテルへ。アマゾン川に浮かぶ島の中にホテルはある。ホテル（ジャングルタワー）全体が鉄の網で覆われていて、それはまるで明るい監獄にも思える。

考えるまでもなく、周りはジャングル。アナコンダやワニなど…がいっぱいいる。檻の中にいなければ明日は無い。

この日やっとアマゾンに来たという実感を味わう。夕方シャワーを浴びていると一匹の猿が。びっくりしたが、人に危害は加えないという。数日前から中で遊んでいたという。

驚かすなよ、手長猿君。

托鉢の記（1）〜（7）

（1）平成五年から十六年間、托鉢行をさせていただいた。その間、二回だけ若い僧侶たちと行なった。私の提案で、戦後初めて東京・銀座で托鉢。布施の仕方が判らず、店の皆さんが戸惑われていた。初めて喜捨する作法を知り喜ばれた方もおられた。

（2）横須賀市のドブ板通りでのこと。朝から酒に酔った米兵がすれ違いざまに「ストリート・ベガー」と吐き捨てるように言った。多分「この乞食め」ということであろう。

（3）冬の朝は横須賀市でも結構冷える。素足に草鞋で歩く私を見て、必ず道路いっぱいに水撒きを始める女性。ある新興宗教の信者の方である。草鞋はびしょびしょに濡れて、すっかり足が冷える。それでもそのお宅の前で三拝、経を唱える。

(4)　浅草を歩く。浅草寺本堂に向かって並ぶ仲見世。一店一店経を唱えるが、ただの一軒も喜捨する店は無し。私の姿を面白がって撮影する修学旅行の中学生と外国人。無礼にも傘の下から顔を覗き込む中学男子。喜捨無し。アーケード街も同じ。団扇で追い払う店主もいる。

花やしき前の露天商が並ぶ通りを歩く。掘っ立て小屋のような店が一〇〇メートルほど両側に並んでいる。一店一店三拝と経。どの店主も「ご苦労さんだね」「少なくてごめんよ」「本当の坊さんだ」と喜捨して下さる。そのどの手もしっかり働いた、温もりを感じた。

(5)　一ヵ月に及ぶアマゾンの撮影から帰り、二ヵ月近くは体調が回復しない。晩秋、久し振りに托鉢に出た。その中で一軒のお店。子供四人が並んで、はにかみながら「どう入れるの…」と小声で言いながら順番に硬貨を差し出し看板袋にのせてくれた。

私は一人ひとり「一佛一会　法雨庵」と書いた散華を手渡した。

※　順を待ち　喜捨する子らに　掌を合わせ

(6)　横須賀市郊外を若い僧侶と六人で托鉢。大人数で歩く時は無口で早足。喜捨される方と話すことも無い。車椅子の青年とそれを押す母親が、一人の僧の姿を見る。僧は気付かずに過ぎて行く。離れたところを歩く私の目にそれが写った。私は慌ててその場に。「よかったね、受け取っていただけたね」と母親と青年は大喜び。青年の目からは涙が。受けた私も胸がしめつけられる思いだった。

(7)　大企業を定年になった男性・山際丈治さんが一度私と托鉢を経験してみたいと申し入れがあった。常々お力をいただいている方なので快く了解。秋、長野市に遠鉢。彼は初めての托鉢でなかなか大きな声が出ない。三軒目から急に声が大きくなり、道路を挟んで反対側を歩く私にも聞こえる。喜捨を受けて自信が出た証拠だ。私は安心して歩く。

私の親友（鈴木紀元君）から点心を受けている時に「店の構えではないですネ。どう見ても貧しい八百屋さん。おばあさんは、厳しい声でどこから来たか、臨済宗か曹洞宗か、と聞きました。鎌倉・建長寺塔頭からと答えると、五百円喜捨して下さいました」。

また、「昭和通りの交差点で信号待ちをしていました。そこに小学生の女の子が二人。『おじさん何しているの』と聞くのです。私は『托鉢といってね。盲導犬のためにお金をいただくのに歩いている』と話すと、ニコニコ笑いながら二人合わせて十二円喜捨。散華を一枚ずつ渡すと『ありがとう』と言って駆けて行く姿に、『今日の縁がいつかきっと心豊かに花開きますように』と祈りました」と語る目にうっすら涙が。

※　合掌する　指先に　赤とんぼ

※　托鉢の　草鞋(そうあい)重し　蝉しぐれ

南方上座部佛教僧侶＝落合隆師

落合隆さんは、私がまだ僧籍に入る前、朝日新聞の見開きで書いたタイ佛教の記事を読んで会いに来た。タイ佛教の話を聞いた上で、タイ寺院で出家得度を決意した。彼は子供が二人いたが奥さんと離婚。身の振り方は自由だった。出家のため、まずタイ寺院で二週間過ごし、パーリ語の経と問答の勉強。私も別室で彼を見守った。

一週間後、無事問答が済み、法名・マハプンギョー（偉大な徳を持つ者）を授かる。翌朝の食堂で彼は僧衣で先輩僧侶と共に一段高い場所で食事。彼等が終わってから一般の人々は食事の施しを受ける。が、私は特別の席を設けられ、僧侶と同じ食事。

終わって師（落合さん）の前に跪（ひざまず）き三回の低頭礼拝をする。彼の晴れの姿と、これからの困難と俗との別れに私は涙が止まらない。そして最後に顔を見合わせた。その時の彼の何とも言えぬ顔が今も頭から離れない。

翌日私は帰国。二週間後に師から手紙が届いた。

その内容は、昨日まで〝先生〟と呼んで、何かと教えを受けていた自分（落合師）に、私が低頭礼拝する。そのことへの戸惑いと、礼拝する私を上部から見下ろし、合掌することも無い自分に、上座部佛教の現実を目の当たりにする、そういうことが切々と書かれていた。

私は僧侶になり、毎月一人で托鉢をしていた。私にとって一番の修行の時だった。そんな私の生活を知ったマハプンギョー師から手紙が届き、最後に書かれた文章。
「お身体の具合が悪い時などは大変かと思いますが、どうか托鉢行は続けていただきたく思います。その時、先生の歩く横須賀の街路と私の歩くチェンマイの山道は地続きとなり、釈尊の指し示す一本の道に重なっていくのだと思います」

師はタイで毎年行なわれる数万人が受けるパーリ語の試験で一級に合格した。タイ人でも数人の合格者しかいないという。日本人では初めてのことである。今はチェンマイの寺院にいる師を、日本の多くの佛教学者が訪れている。

カースト制度は恐しい(1)〜(3)

(1)　印度・ナーグプルに撮影に行った少し前、北東部の集落でとんでもない事件が起きていた。村人四十数人の全員が銃で撃ち殺された。理由は、その村人たちはカースト制度からもはずれたマハール（不可触民＝人間に非ず）で、その中の一人が事業で成功した。上層階級カーストの男が、そのことへの嫉妬から起こした事件だった。
初め、政府はこの件を発表しなかったが、余りの卑劣、無謀な事件を伏せておくことが出来なかった。日本の一部新聞も小さい記事ながらも報道した。

また、ナーグプルの近くの村でも、やはりマハールの男性が事業に成功し、それを妬んだ上層カーストの男が銃で撃ち殺す事件があった。

(2)　やはりナーグプルでの撮影数日前の話。中東部の村での話だが、村の井戸が涸れた。村には一つの井戸しか無く、村民の共同井戸で命の源の一つである。

村の近くに金持ちがいて、豊かな水の井戸を持っていた。村人たちは、水を分けてほしいと懇願した。金持ちは、村人の数に怖気づき井戸を開けた。

村人が帰った後、その男は井戸の周りを牛の糞と尿で清めて御祓いをした。マハールの人たちより、牛の糞が上ということらしい。

余りにも馬鹿げたことだが、カースト制度とはこのように差別の激しいものである。

(3) 印度僧のサンガラトナ・法天・マナケ師の話。ムンバイ（ボンベイ）空港で時間待ちをしている時、母子連れが歩いて来た。子供が手荷物を落とし、それを拾おうとしたら、母親が制止。携帯電話を掛けて何か言っている。十分ほどして家政婦らしき女性が走って来て、子供が落とした荷物を拾った…。
余りにも馬鹿げた話。カーストに縛られた信じ難い行為である。

現在のことは知らないが、かつて聞いた話では、役所の課長以上は全て上層のカーストに属する人たちだったという。

旅の途中で、日本人僧侶が「あと数年でカースト制度も崩れるでしょう」と私に話かけた。私は即答した。「戸籍がある限り無理でしょう。百年、二百年後になるかも知れませんネ」。

私はそのように考えますが如何でしょうか。

韓国での一佛一会

韓国・釜山からソウル市までジグザグ横（縦）断し、国宝の塔や佛像の撮影旅行をした。その途中、伽倻山にある韓国の名刹「海印寺」。この寺に残る大蔵経板殿（世界遺産）は、三十数年前に撮影し、板殿を持って記念撮影もしている。山門から寺院までは約二キロの山道。

途中で一人の紳士が走り寄って来た。女性の通訳さんも何事かと駆け寄る。

彼は私が着ていたシャツに「一佛一会」の文字を見て質問する。

「この文字は何と読むのか、意味は何か」

この言葉は私と妻の造語で〝いちぶついちえ〟と読む。

意味の一つは「一から無限の広がりがある」「私にとって貴方は佛であります。また、この私も貴方にとって佛でありたい」。「合掌の本当の意味は、あなたの内にある慈悲、温かい心に私は敬意を表します」「互いにそのような気持ちで合掌し合う精神があれば争いは起こらない。そういう世界が本当の平和であろう」と。

彼は直立し、涙を流す。そして「今日は私にとってなんて素晴らしい日でしょう。素晴らしい言葉を学び、素晴らしい人に出会えた。嬉しいです。有り難いです」。横に立つ奥さんと共に深々と頭を下げ合掌された。

彼は釜山の大学教授だった。学生たちに今日のことを話すと言う。

年代から想像すると、子供の頃から日本のことを「余り良くない国」と教育を受けていただろう。私はそう思いながら今日の出会いに感謝した。

瓦の神様＝小林平一氏

瓦師・小林平一氏は、国宝・姫路城はじめ熊本城・松本城・松江城・二条城など国宝の城や国宝指定の寺院・神社など五百以上の建築物の瓦を修復・製作してきた。

心ある瓦師は、氏を〝瓦の神様〟という。手づくり、一週間焼き込む瓦は、一枚で八〇〇キロの重さに耐えられる（普通の瓦は一五〇キロほどで壊れるという）。他の瓦制作所では出来ない仕事である。見学に来る業者たちは、ただただ驚き、「参考になりません」と言って帰っていく。

また、氏は蝶コレクターの世界では知らない者は無い有名人であり、鳥の世界でも知られた人物である。蝶の採集では、東南アジア等では米軍がヘリを飛ばしてくれる。〝ロンドン平和仏舎利大塔〟の仕事は政府から、〝モンゴル・アマルバヤスガラント寺院〟はユネスコからの依頼。ロンドンでは仕事が評価され「ロンドン名誉市会議員」。さらにキワニス賞など、ここでは書ききれないほど多く受賞している。姫路市の市民博士・第一号。

そんな氏のユニークな話を一つ。

姫路城のお堀に子供が落ちた。助けた警察官は表彰された。ところが消防団員は同じに助けたが表彰されない。仕事上、当たり前という。それを聞いた小林氏は「不公平じゃないか。それならば私が表彰する」と言って素晴らしい贈り物をされた。

他にこのような話も。

工場の前にはプールがあり、中には姿の素晴らしい鯉が数百匹泳いでいた。

その鯉を姫路市に寄贈したところ、市役所としては贈呈された品は、贈呈者の氏名と大凡の金額を残しておくものらしい。そこで係の者が「先生、十万円とでも書いておけばよいでしょうか」と言う。

「それでもよいが、この鯉全部で億はしますがな」

そこには一匹、数百万円もする鯉が数十匹いた。

このような氏を〝変人〟呼ばわりする人もいるという。

読者の皆さんはどう思われますか。

思いもよらぬことが…

十二月二十二日、よく晴れて冷えた朝だった。今年最後の托鉢は、一年間のお礼を込めての托鉢でもある。喜捨して下さった方には、「一年間有り難うございました。新しい年が善き年でありますように」と申し上げ、四弘誓願文を唱える。

「寒いでしょう。足は冷たくないのでしょうか。気を付けて下さい」

このような温かく有難い言葉を多く戴く。いつもより時間がかかり、帰り道の平坂を上り始めた時、思いもよらぬことが起こった。

急に上半身がぎゅうぎゅうに締め付けられて苦しく、更に胸と背中に太い楔を打ち込まれているように痛い。それがどんどん強くなり、余りの苦しさに意識が朦朧としてきた。

「ああ、死ぬかも知れん。托鉢坊主が野垂れ死ぬのならまあいいか…」

一瞬、そんなことが脳裏をよぎる。

〝あと二〇メートルほどで知り合いの店がある。なんとしても行かねば〟。意識が遠のきつつある中で足を進める。二〇メートルが何キロも離れているようだ。崩れるように店に入り、座り込んだ…。

心筋梗塞と診断され、死は逃れたが、発作が起きた時の緊急用にと、常時ニトロを携帯することになった。

これまで健康が自慢だったのだが、無理が重なっていた。日が経つにつれ、現実として受け入れ〝一病息災〟と上手く付き合うことになった。

托鉢は自分の身体状況を知る目安とし、私に与えられた自然体で勤める善き修行の時として続けた。

それにしても幾度死に損なったことか…。

面白体験記＝遠野

五月半ば、遠野地方の山々は遅い新緑が柔らかく、ところどころで八重桜が満開だった。空は暗く重い雲に覆われていて、時々雨がぱらついた。

田植の最中だった。田の畦をよろよろ歩きながら撮影していると、三人の御婆さんが遅い昼食をとっていた。

「今日　焼もち　作ったから　おめさんも一緒にかねすかー(食べませんか)。うめべえー。この頃のわらす子だずば、こんな物かねもんす、ぜえにっこで買った物ばかりすかかねもなんす」

蕎麦粉と小麦粉を混ぜて練り、中味は味噌と砂糖に胡桃が入っている。とても香ばしく、昼食もとらず歩き回っていた私にはとても美味しく、そのうえ地元の言葉が何よりのご馳走だった。

ここの人たちは心が温かいと話す。遠野地方は沢山の「民俗神」がいて「民話のふる里」

だという。山の神、塞の神、産神、座敷神に水の神などなど。その神は日常的で身近な存在だ。民話に多い座敷ワラシ、蔵ボッコは座敷神。山姥（やまんば）や天狗は山の神の変身した姿。河童は元は水の神。

しばらく他を撮影し戻ったら三人の姿が無い。ひょっとしたら雨に濡れながら撮影している私に褒美を下さった〝水の神〟たちか。

遠野から帰る急行電車の中で、窓外の風景を写す私に「福島にいる娘に会いに行く」と話しかけ、小さな焼おにぎりを二個下さった婆ちゃんは〝食の神〟か。

遠野の河童は顔が赤いという。

前の席で大きなおにぎりを食べている四人の女子中学生の頬は真赤だったから、ひょっとして…。

五台山での恐い話＝中国

三蔵法師・霊仙(りょうせん)は、奈良時代に中国に渡り、時の皇帝に気に入られ側近として佛教を学んだ。優秀だったため帰国を許されず、サンスクリット語の経を訳し、日本人で唯一の「三蔵法師」を与えられた。ちなみに〝三蔵〟は印度・中国を含めて九人という。

皇帝が暗殺され、身の危険を感じ、遠く五台山に居を構えた。霊仙のもとには多くの僧侶が教えを受けに集まって来た。その中の若い僧に毒殺されたという。

三蔵法師・霊仙の墓参りの前に、五台山の名刹に参った。関西空港に向かうバスの中で中国人ガイドが「三日後に法要を行なう五台山の〇〇寺で昨日、チベット僧侶が殺されました」と密かに知らせてくれた。

事の起こりは余りにも情けないことだった。中国人僧侶とチベット人僧侶の合同法要があった。終わって昼食になり、粥が配られた。中国人の僧侶の鉢は大きく、チベット僧の鉢は小さい。そこでチベット僧が「何故我々の鉢は小さいのか。不公平ではないか」と質問した。

すると典座（てんぞ）（禅宗寺院の役職）の一人（漢人）がいきなりその僧侶の頭を力いっぱい殴った。僧侶はもんどり打って倒れ、そして息絶えた。これを聞いた五台山にいたチベット僧が二百人ほど集まって騒ぎになり、中国は軍を出して鎮圧したらしい。

この事件は一切他には知らされていないようだ。街の人たちも知ってはいても口に出さない。

翌々日、我々は五台山に着いたが、そこは静かな文殊菩薩の聖地だった。

われわれは家族だ

阪神淡路大震災から数ヵ月後のことだった。高野山の取材の帰り、新大阪駅構内の喫茶店で、列車の時間待ちをしていた。

隣の席で中年男性と若い女性が、仕事の打ち合わせをしていた。何も聞き耳を立てていた訳ではないが、話の内容が聞こえた。

「このデザインでカタログを作りますね。楽しみです」

「ホンマにありがとう。カタログが出来たら商売が出来ます。震災で家も何も無くなってしまった。そんなワシに力をくれたのは八十歳の母親とイタリア人ですわ。自宅から母親の家までタクシーで三十分ですが、金が無いから歩き。帰りに僅かな年金暮らしの母が『これだけで済まないね』と三十万円を握らせてくれた。ワシ、声をあげて泣きましたわ」

男性は言葉をついで、

「一ヵ月ほどしてイタリアの取引先から手紙が届き、『往復の航空運賃を送ったから必ずローマに来い』とあり、行くと空港に社長夫婦が出迎えてくれた。社長室では会社の幹部がパーティーを開いてワシの無事を喜んでくれた。

その席で社長が『何も心配するな。商品は希望するだけ送るから』。そして『この四百万円は開店資金にしないさい。返す必要はない。何としても開店しなさい』。ワシはどうしてこんなにも良くしてくれるのか判らない、と涙が止まらない。彼等は『われわれは家族だ』と言って一人ひとり、私を抱きしめる。ホンマにワシ嬉しかった」

「私、涙が出ちゃった。一生懸命応援させてもらいます」

私はテーブルの下でそっと手を叩いた。

温かい心の持ち主

平成二十五年、生まれ故郷である信州戸隠に移住した。「ささやかな文化の場」を設けたかった。佛像写真・美術品・貴重な瓦などを展示。十六坪ほどの展示場だが、多種にわたっての美術展示・文化の場を自負していた。

法雨庵ギャラリーの玄関脇には、一〇〇リットル入りのタンクがある。十月の終わりからストーブの出番。冬の暖房のために灯油を保管する。この灯油をタンクから抜き出し丸ごと盗む者がいるとのこと。一冬に四回は満タンにする。それを盗まれたら我が家にとっては大変な金額になる。

すぐ近くに戸隠が大好きで大阪から移住した平井恒雄・典子さん夫婦。恒雄さんは大工仕事が得意。「タンクをカバーして鍵を掛けないとアブナイ」と、私と妻が一日掛りの買物で留守の間に、木製の立派なカバーをつくって下さった。車で町の大型専門店へ行って材料を用意し、いつの間に寸法を測ったのかも知らなかった。

全てがボランティア。その上、法雨庵の立看板を二枚制作し、入口と出口に建てて下さった。屋根付きの立派な看板である。大企業に勤めておられた関係か友人が多く、友人が戸隠を訪れる度に法雨庵に案内し、収入を助けて下さった。その上、私を「戸隠の宝」と言って、インターネットにて広く宣伝して下さっていた。

戸隠に住み二ヵ月ほどしてからのこと。朝の六時に玄関を開けるのが日常。その日、玄関を開けるとダンボール箱が二つ重ねて置かれている。中を見ると、野菜やら豆腐、手作りのサラダなどなど。戸隠の隣にある鬼無里(きなさ)でスーパーを営む姪夫婦（吉田勝太郎・孝子）からだった。

私たちに気付かれないよう静かに置いていく。その後も幾度となく続いた。そして雪が舞い始めた日の朝、玄関を開けると雪掻き道具六セットが置いてあった。結構な金額になるが全てボランティア。雪掻きにどれほどの物を用意すれば良いものか考えてもいなかった。「なるほど、これだけの物は必要か」とただただ感心と感謝、感激。

この夫婦は常に菩薩行をしている。鬼無里は山の中。鬼無里の住民は戸隠を「戸隠は空が広い」と表現する。鬼無里は戸隠以上に若者が減り、七十代初めのこの夫婦は若い方。それだけに村のために骨身を削り貢献している。

この二人は「菩薩行」なる言葉を知らぬかも知れない。私は心から菩薩行と思い、一番の自慢する姪夫婦である。

心ある生き方を…＝印度で

十度目になる印度への旅。〝印度の臍（へそ）〟と言われるナーグプルの道路はひどい混雑だったが、郊外は静かで広々とした小麦畑や赤唐辛子の畑。今は摂氏三〇度ほどだが、夏には五〇度近くになることもあるという。

サンガラトナ・法天・マナケ師（天台宗）が、ポーニという村に「禅定林」創建。一週間後に控えた落慶法要の撮影で訪れた。私に与えられた部屋は、コンクリート床で寝具はごく薄い毛布一枚。一週間、二週間、いや中には一ヵ月をかけて遠方から来た信者たちは仮本堂の回りに集められ、土の上にゴロ寝。毛布を持参の者はほんの僅かで小さな子供も多い。皆貧しい人たちばかりで、遠方から日時を掛けて歩いて来られた。私は屋根のある部屋に寝られるだけで幸せ。

昼食の時間に、子供の掌ほどの大きさのナンを母子四人で分け合って食べていた。その姿を見た私は、昼食を用意されている仮設庫裏（くり）の食堂に戻ることが出来なかった。

翌朝、仮本堂で朝のお勤めをした。終わって振り返りびっくり。私の後ろには沢山の信者が坐っており、二十段ほどの階段の両側でも、階段下でも大勢の信者たちが私に手（掌）を合わせている。それどころか、階段を下りる私の足に手を触れ額を当てる。その行為に私は、身が震えるのを覚えた。作務衣に格子姿の「この私なんぞに…」。

遠方からはるばる法要に来られた信者さんにとって、経は救いであり、希望であり、安らぎであったのだろうか。私は改めて自分の生き方を正していかねばと思う日だった。

境内にある菩提樹の大木の根元では、数人の女性が菩提樹に祈りを捧げていた。この生活に貧しき人々を、朝の光がまぶしいほどに照らしている。

その夜、満天の星は、沢山の慈悲を降り注いでいるように思えた。

五地蔵桜と石碑の縁＝石碑に書をお願いします

法雨庵（戸隠）にご尽力下さった、一級建築士の林部直樹さんから依頼があった。聞けば戸隠連山の中でも姿の良い五地蔵山の麓に樹齢三百年の大山桜の大樹があり、「五地蔵桜」と命名するという。その桜の前に石碑を建立し、文字を彫りたいとのことで、書を依頼された。

暫く考えたが、生地・戸隠に一千年は残るであろう石碑は、私が生きた証になるかも知れない。そのような考えもあってお引き受けした。

桜のある場所は、妙高戸隠連山国立公園内。戸隠連山、黒姫山、妙高山、高妻山、飯綱山と二〇〇〇メートル級の山々を一望出来る絶景の場所にある。また、日本一広いキャンプ場と牧場が広がるレジャー地でもある。

「石はどこから」

「地元の石屋さんから」

「ちょっと待って。私の知り合いに素晴らしい石を採石している方がおられるから、相談してみる」

私は㈱石文社社長・中江庸氏とのご縁もあって、宮城県丸森町の大蔵山スタジオ㈱社長（当時）山田政博氏に電話をかけ、事情を話し相談させていただいた。

山田社長は快く応じて下さり、後日、三つの石を選び、写真と寸法を知らせ、「一番良いと思う石を指定し文字を送るように」とのことだった。ちょうど、佛像（如来）の光背の形をした石があり、それをお願いした。つたない文字を送ると、「文字は埼玉におられる文字彫りの達人にお願いしますから」。

一メートル三〇センチの伊達冠石。実は石の代金と運搬費、彫り賃などを考えると、その費用が心配だった。山田氏は「先生、心配いりません。一切お金はいただきません」。私は自分の行動を恥じた。ただただ感謝の気持ちで言葉にならないほどだった。

東日本大震災で多くの小学生が犠牲になった大川小学校。この地に戸隠在住の〝桜守り〟里野龍平さんが育てた五地蔵桜の種から育てた〝子供たち〟が、石巻・釜谷周辺地区の犠牲者数と同じ二百六十九本植樹されている。そして、その小学校の石碑が、大蔵山スタジオが納めた伊達冠石であると言う。余りの縁に一同驚き、その喜びも一入だった。

戸隠連山は奈良時代から、『梁塵秘抄』にも書かれている日本三大修験場（延暦・高野）の一つで、多くの犠牲者が出ている。五月の初め、御霊への供養と建立法要を一般の人々を含め百人ほどが参加し、私が導師を務めさせていただき行なった。山田社長や中江社長、京都、埼玉などの遠方からも参列して下さった。晴れ渡った初夏の一日だった。

その後、丸森町からも団体で五地蔵桜を見に来られている。

石工・上杉辰雄さんと妙空の墓

二年間床に伏していた愛する母親の病を助けようと、息子がお乳を出し、「ママ、ボクのお乳を飲みなさい」と、寝ている母親の口元にホルスタインのように大きな乳房を当てた…。

私の妻と、その息子ともいえるゴールデン・リトリーヴァー犬・妙空の本当の話である。妙空は数えきれないほどの人々に愛を与え、愛された。彼の十三年九ヵ月の生涯を綴った『ぼさつになった妙空』（春秋社）。この妙空の墓を、岡山県高梁（たかはし）市在住の石工・上杉辰雄さん（故人）にお願いした。

上杉さんは妙空の本をすでに読まれていて、その申し出を喜んで下さった。家の前を流れる清流、高梁川でいくつかの石を見つけ、写真と寸法を送って下さった。

妙空は赤飯の三角おにぎりが好きだった。ちょうど、三〇センチの大きさで高さも色も形もよく似た石を見付けて下さっていたのでその石に決めた。

「文字を書いて送って下さい」

私は「空」が笑っているように見える篆書(てんしょ)（正式文字）で「妙空」と二文字だけを書いて送った。二週間ほどして上杉さんから文字が彫られた石が、木枠で厳重に箱詰めされて届いた。

「私の石工としての最後の仕事になりました。記念になる有り難い仕事をさせていただきました」と電話の向こうで語られた。そして、「一切の費用はいりません。私からのご供養とさせて下さい」と言われる。

格別に親しい間柄という訳ではなかった。私の写真集、エッセイ集を買って下さっていた。静かで温厚。真っ正直な方だった。

昨年、息子さんが建長寺での写真展に来られて、塔頭の同契院(どうけいいん)にある妙空石と対面された。父の最後の仕事を初めて見ることが出来たと大変喜ばれていた。

菩薩行の生涯＝長女・美喜子

姉（美喜子）は八人妹弟の長女。十二歳で信州戸隠の山里から東京に奉公に出た。しかし、そこでの無給に近い給金では、両親に送金が叶わないと、諏訪の紡績工場に。

結婚をしたが苦労続き。亭主の他界後は、大病院で病人の介護の生活を三十年近く続けた。「若い病人が多い中で年を取った私が、その方たちの介護を出来ることは幸せ」と語る笑顔が素晴らしい。

後に大きな有料老人ホームに入る。が、ホームでは自分の身体能力の衰えを防ぐために、配膳の手伝い（無論無給）を続ける。「職員に感謝され頼りにされているのヨ」と笑う。さらに、ホームで亡くなった人たちを祀る仏壇の掃除を一人で行なっていた。他に誰一人として手伝う人も無かったらしい。その掃除をしていて倒れ、そのままお浄土に旅立った。

姉は四十年も前に献体を申し入れていた。ホームから信州大学病院に運ばれる姉を、数十人の職員が列になり見送った。ホーム始まって以来、初めてのことだという。

亡くなる二週間前に話した電話の声は、変わらず明るく澄んだ声。地味に真っ正直に生きた九十七歳の生涯だった。

さらば、大女優・市原悦子さん＝四十二年目の別れ

市原悦子（塩見悦子）さんが亡くなった。平成三十一年一月十二日、午後一時三十一分。八十二歳だった。

その日、プロダクションの社長から「今日なら会えます」と電話があり、「市原さんの写真を使いたい」と突然に言われた。不吉な予感、不安が広がり取るものも取らず、妻と急いで家を出て、阿佐ヶ谷にある病院に駆け付けた。病室には十人ほどの親族の方が、市原さんのベッドを囲むように立っていた。担当医師が脈を診ている。

「駒澤さん、やっと来たわネ。もう行くワ」とでも言うように私たちが病室に入り、一、三秒で息を引きとった。私は勝手に、私と妻の到着を待っていたのだと思った。担当医師が「とても強い方でした」と一言。

無宗教ということで、通夜も葬儀にも経は無いと言う。私は妹さんに許しを得て、枕経を唱えた。その後、柔らかな銀髪と額と頬を撫でながら、まるで眠っているような市原さ

んに、「あなたが閻魔さまと問答している姿を撮影出来ません。私は、私を必要とされる方々がまだおられます。もう少し娑婆におります。でも、いつの日か、あなたが弥陀の前で多くの菩薩さまを脇役に演じている姿を撮影しましょう。約束します」と語りかけた。

「おばあさんになっても撮影してくれますか」

「もちろんです。喜んで撮影します」と約束してから四十二年。可愛らしい役者さんだった。頭が良く、発する言葉がユニークだった。そして言葉が生きていた。言葉を大事にする役者さんだった。

「ケイコ大好き、本番キライ」と時々言っていた。ケイコ・ケイコの人で、イメージをどんどん広げることを喜びとされていた。舞台の役者、映画、ドラマの大女優。朗読日本一の役者。〝新劇〟(今は死語)時代に俳優座で鍛えられた女優魂、役者魂の固まりだった。

市原悦子。この方を撮り続けたカット数はどれほどの量だろう。一冊の写真集になり、美術館、百貨店等での大写真展開催には数万人の来場者があり、根強いファン層を感じた。

病で倒れる二ヵ月前、鎌倉・建長寺法堂で開催した私の佛像写真展に来場。人混みの中で、大きな佛像写真(阿弥陀さま)を見ながら私の耳元で、そっとユニークな質問をされた。

「ネエ、あの世でも男は男、女は女なの」

私は思わず吹き出すところだった。

いかにも市原さんらしい質問。

即座に、

「男も女もありません」

「何故？」

「だって皆、御佛ですから」

「そうか、そうなんだ…」

直接対面して言葉を交わした最後だった。

かつて私が出家した姿で現れた時、「これで私も浮かばれるワ、琛道さん」と喜んで下さった時の顔を思い出した。その日から私は作務衣姿で撮影を続けた。

平成三十年五月二十四日、病に苦しむリハビリの日々に、私は短く電話で話した。

「つらいの。とてもつらい。車イスに乗るにも大変。寝ていても痛くてつらい…」

それが私との最後の会話だった。あの強い女性が私に言った初めての弱い言葉だった。

心から唱えます、スバハー（幸あれ）。

あとがき

「生家の桂樹のこと」（樹齢約八百年・天然記念物）

春の韻

ひときわ眩しく見える桂樹。穏やかな〝気〟が、父母に懐かれているような温かさと香りを放つ。

四月。桜花の前に、桂樹は老樹とは思えぬ力をつくして紅い花を咲かせる。儚い数日の生命。幽花と呼ぶに相応しい花である。

夏の韻

桂の緑陰はやさしい。子供の頃、樹に登って遊んだ。回りに沢山の生命に繋がる小さな穴を見つけた。そこから這い出た蝉の羽化は神々しいまでに美しく、息を止めるようにして見入った。羽化が無事に終わり飛び立つ様に、幼いながら感動した。
夜の静寂を縫って聴こえてくる虫の音や蛙の声は、私と同化していた。

秋の韻

桂樹は黄葉に染まり、更なる香りを放ち、やがて清く黄衣（こうえ）を脱ぎ捨て、次の季節に備える。葉を採み〝香〟となり、更に心を癒し続けてくれる。

冬の韻

ひときわ輝きを見せる天の川。手を伸ばすと掬えそうな満天の星。星の明かりに照らされた桂樹は寡黙で威厳に充ちている。幼い時から自慢に思っていた桂樹に見守られ、戸隠の大自然に育った頃のことは何ものにも代えがたく、心に深く刻み込まれている。

太陽の光を求める向日葵（ひまわり）のように、燕や雁が故郷に帰るように、戸隠の空の方向を眺めていた養子に出された子供の頃。

私は、燕や雁のようにはなれなかったが、喜びも悲しみも苦しみも、今思えば自然に逆らうことなく、行く雲や流れる水のように、私の人生は示されていたように思う。思えば、私のこれまでの半生は独楽(こま)のようだった。国内外を忙しく独楽のように回り続けた。バランスを崩しそうになり、それを持ちこたえて、また回り続けた。

いろいろなことがあった。いろいろな出会いがあった。だから人生って面白いと思えるようになった。

今も眺める老樹はなんら変わることなく、かつてのようにやさしく迎えてくれる。そして促されて生きてきた証のようにうねる根元で、おおらかに私は坐すのである。

この本に携わった方々、特に石文社中江社長に大変なお力を頂き心から感謝致します。

令和元年十月吉日

駒澤琛道

駒澤琛道（こまざわ・たんどう）

昭和15（1940）年8月28日、長野県戸隠生まれ。日本写真家協会会友、随筆家、臨済宗建長寺派大本山建長寺徒弟

【写真展】
「ゴルフ写真展」三越本店、「市原悦子―その舞台模様」キヤノンサロン（銀座・大阪）他、「悉有佛性―現代のこけし水子地蔵考」キヤノンサロン（銀座・大阪・札幌・名古屋・広島）ほか、「悉有佛性―現代のこけし水子地蔵考」富士市企画展、「法雨のごとく―大佛師松久朋琳・宗琳」キヤノンサロン（銀座・大阪）、「法雨のごとく―大佛師松久朋琳・宗琳」龍谷大学企画展／講演、「佛姿写伝―鎌倉」有楽町朝日ギャラリー・横浜高島屋・長野東急ほか、「佛姿写伝　近江―湖北妙音」有楽町朝日ギャラリー・横浜高島屋・長野東急ほか、「佛姿写伝　鎌倉―妙道」有楽町朝日ギャラリー・小倉井筒屋ほか、「見聞撮知伝―縁あって文藝春秋」キヤノンサロン（銀座・大阪・札幌）、「印度　生死の月」富士フォトサロン（銀座・大阪）・小倉井筒屋・滋賀県立長浜文化芸術会館、「佛姿写伝―鎌倉／印度　生死の月」主催：横須賀市／横須賀市文化会館、「市原悦子　変化自在」横浜高島屋・まちだ東急・千葉そごう美術館、「一石有響」神奈川県鎌倉市／臨済宗建長寺法堂、「佛姿写伝　近江―湖北妙音」神奈川県鎌倉市／臨済宗建長寺法堂、「石塔・佛像」神奈川県鎌倉市／臨済宗建長寺法堂、「一石有響」長野県長野市善光寺大勧進ほか

【出版物】
写真集『佛姿写伝　鎌倉』序文／中村元・井上禅定（神奈川新聞社）、写真集『佛姿写伝　続鎌倉』序文／吉田正道（神奈川新聞社）、写真集『佛姿写伝　近江―湖北妙音』序文／井上靖（日本教文社）、写真集『風車まわれ　水子地蔵に祈る』帯／市原悦子（春秋社）、写真集『石川雲蝶／永林寺の刻蹟』（大阪書籍）、写真集『一佛一会　大佛師松久朋琳の世界』（日本教文社）、写真集『大佛師松久朋琳・宗琳　人と作品』序文／水上勉（春秋社）、写真集『市原悦子　現と遊び』（大阪書籍）、写真集『印度　生死の月』帯／中村元（春秋社）、写真集『市原悦子　変化自在』（春秋社）、写真集・エッセイ集『鎌倉のこころ』（神奈川新聞社）、写真集・エッセイ集『新鎌倉のこころ』（神奈川新聞社）写真集『湖北　佛めぐり』（文庫本）（京都書院）、写真集・エッセイ集『鎌倉　佛めぐり』（文庫本）（京都書院）、エッセイ集『一隅を照らす玲瓏の人々』（日本教文社）
エッセイ集『ぼさつになった妙空　ゴールデンリトリーヴァーの一生』序文／市原悦子（春秋社）、対談集『瓦に生きる　小林平一の世界』（春秋社）、写真集『仏像巡礼　湖北の名宝を訪ねて』（青幻社）、写真集『一石有響』（石文社）ほか

回り続ける独楽（こま）―だから人生って面白い―

二〇一九年十月二十日　第一刷発行

著　者　駒澤琛道

発行者　中江　庸
発行所　株式会社石文社
東京都千代田区岩本町三-一-五
郵便番号　一〇一-〇〇三二
電話　〇三-五八二九-六〇一四
https://www.ishicoro.net/

装　丁　クリエイティブ・コンセプト（江森恵子）
印　刷　㈱平河工業社
製　本　㈱坂田製本

本書の定価はカバーに表示してあります。
落丁本・乱丁本はお取り替えいたします。

ISBN978-4-9907671-6-7